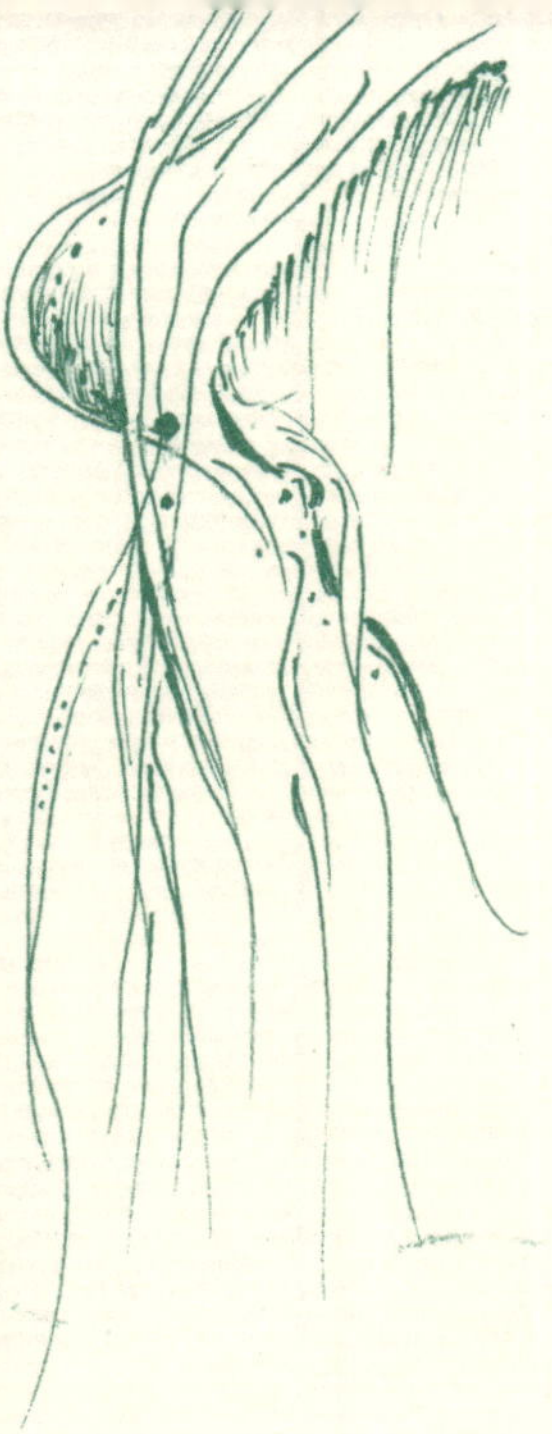

南風

Katsusuke Miyauchi
宮内勝典

石風社

装幀・カバー写真　毛利一枝

南風

噴火湾は、青緑の水をたたえていた。

水面から、霧の柱のようにいくすじも湯気がたち昇っていた。垂直の火口壁がまわりを囲み、頭上の青空が、白い湯気をひっそり吸いこんでいる。噴火湾は、しんと静まり返っていた。この水底に、火山帯が走り、いまでも海底温泉が湧きだしているのだ。

水面で、鯔《ぼら》がはねた。

火口壁はぐるりと馬蹄形につらなり、東側の一角で陥没し、そこから海水が流れこんでいる。岩脈の尽きたところから、湾の口へ、なだらかな岬がせりだし、外海のうねりを堰とめている。岬の上には、小さな家がひしめきあい、夏の光に炙《あぶ》られていた。その港町が、明の故郷だった。

夕陽が沈みかけたころ、町中の人たちが、一家族、二家族と群れになり、海辺の墓地へ急ぎはじめた。

明は、酒瓶や、精進料理、夏の果物を車に積みこんだ。妹は糊のきいた浴衣からうなじを伸ばし、なまめかしく笑っていた。

「車で、墓参りに行っとね」

乗り込むときから、母は異様にいらだっていた。

「夜風が体にさわる」と父が言った。

「けど、ちゃんと歩いて行きたかよ」

「どっちだって同じだろう、な」

明は、母方の墓地へ向かって車を走らせた。

人々は涼しげな浴衣を着て、小脇に茣座《ござ》をかかえ、一升瓶や重箱の包みをぶらさげていた。子供たちは提灯や花をもって、自分の影を追いかけていく。

空は遠く澄みわたり、その奥から、濃い青が泌みだしていた。夕陽は、熱のない透きとおった光を放ち、火口壁のあたりだけ、空はとろりとした赤紫に変っている。人々は落日に背を向けて、海辺の墓地を目ざしていく。

湾のへりに出ると、火口壁がまわりに聳え、巨大な孔《あな》の底にいるようだった。空は高く押しあげられ、青い淵の色をたたえていた。

典型的なカルデラ湾だった。およそ二万年前、地表すれすれの火口が大爆発を起こし、火口壁の一部を吹き飛ばしたのだ。そこから海水がなだれ込み、直径二キロほどの、この湾が誕生したのだという……。

青空へ吸い込まれるように高く舞いあがった鳶が、風の体積にぶつかり、激しく羽ばたいていた。気流をつかみ、翼を静止させる瞬間、ぐっと宙に叩きつけられて噴火湾を低く旋回した。日陰から、日射しのなかへ飛びだすとき、その羽が金褐色に光った。火口壁の岩棚に巣があるのか、べつの一羽が陰をひきちぎるように翔びたっていく。

明は、湾にそって車を走らせた。

岬の向こうに、巨大な入道雲が湧きたち、その塊りだけが頭上を越えていく光に照らされ、橙いろに炙りだされている。

「兄さん、よう筏つくって遊んだわねぇ」

助手席の妹が、日焼けした首をそっとひねった。

「バナナの茎をリヤカーに積んで、二人で引いていったね、ほら、ここん道を……。兄さん、憶えとらんね」

「ああ、よう憶えとる」

昔、繁りすぎた庭のバナナを間引きしたあと、太い茎を荒縄でゆわえて筏をつくり、噴火湾に浮かべ、よく妹と遊んだことがあった。

筏を曳きながら泳いでゆくと、波が目蓋にかぶさり、その水を透かしてコバルト・ブルーの空が見えた。水平線に入道雲がきり立ち、目を傷つけそうに光っていた。まだ泳げない妹は筏にしがみつき、両足でばしゃばしゃ水を叩いていた。頭が熱くなると明は水中に潜り、手足を鰭《ひれ》にして、筏の荒縄を曳きつづけた。鱗のない青と銀のまだら模様の魚が群れ、水底には自分の影が映っていた。

「バナナの茎が水を吸うて、膝のへんまで筏が沈んだねえ、あのとき怖かった」

「樹液がべとべと体について染みになったなあ」

「そう、そう、よう母さんに叱《が》られたわ」

妹は糊でかためた浴衣のなかで身をよじり、のびやかに笑った。

車は魚市場を走りぬけ、岬にひしめく漁師町にさしかかった。路上に干してある魚骨が、タイヤの下で砕けて、音をたてた。暗赤色の魚の血が下水を流れていた。鰹節を燻す匂いが入りくんだ路地に漂っていた。

墓地に辿りつくと、潮風が吹きぬけ、無数の提灯がゆらめいていた。火口壁から切りだされた墓石が、白い砂地に林立している。

砂浜づたいの灌木林を平らに拓いた場所だった。いたるところ竹竿が突き立ててあり、紐を渡し、提灯が鈴なりにぶらさがっていた。

カンナ、鶏頭、金盞花、早咲きの矢車草、彼岸花。夏の花々が墓前に供えてあった。

迷路じみた墓地を通り、人混みをかきわけ、母方の墓を目ざして歩いた。

祖母の一族は少し早く着いたらしく、もう砂地に、花莚《はなむしろ》をしいていた。母の兄と弟が両端を持ち、子供らが砂埃をはらっている。見覚えのある少年が、古びた三味線を大事そうに抱いている。祖母は所在なげに、墓地の片隅に立っていた。

「あらあ、明！」

祖母は象のような体をゆさぶり、両腕をひろげた。明は笑いながら砂地を踏みしめていった。爪さきが沈み、祖母の両手へ吸い込まれていく気がした。祖母は、明の頭をかかえこみ、ぶ厚い掌で、首すじをぴしゃぴしゃ叩きはじめた。

「明、いつ帰ってきたと？」

「昨日《きのう》」

「なんだ昨日ね、すぐ来ればよかとに！」

「どうせ、ここで会えると思って」

「そうか、そうか」

祖母は鼻を鳴らし、こんどは背骨のあたりを叩きはじめた。八十年近くこの土地から一歩も動かず、荒くれの漁師たちを相手に、女手ひとつで船修理の鉄工所をきり回してきた祖母らしい、野太い挨拶だった。明は首すじを抱えこまれたまま、祖母の足もとを見ていた。象皮病をおもわせる太い足が、足首まで砂地に沈んでいた。その片方に、白い包帯が巻きつけてあった。

「どうしたと、その足、神経痛が出たとね？」

「いやあ、虫に刺されたんよ」

「虫に？」

「うん、それがね、妙な虫よ」

「なんて虫？　蜂かなんか？」

「海紅豆《かいこうず》についとる虫じゃ」

後ろから、太い嗄れ声がきこえた。ふり向くと、日南海岸の水産試験所につとめている二番めの叔父だった。日焼けした腕に、二歳ぐらいの女の子を抱いている。

「あれっ、その子は？」

「娘、娘！」

叔父は照れ笑いして怒鳴った。

「名前は？」

「ようこ。ようは太平洋の、洋」

「またそんな」

明は思わず笑った。隣りで三味線を抱えている息子は、たしか潮《うしお》という名前だった。

「よう、明、生きとったか！」

町役場につとめている伯父が言った。荒々しさと知恵が溶けあい、漁船の機関長をおもわせる風貌だ。

重箱の包みをひらいていた伯母が、花筵の上に正座したままそっと挨拶した。

「ところで、妙な虫ってなんだ？」

「ほら、南米から海紅豆を移植したろ、あの木に虫がついてな」

「けど、十年も前だろ……」

祖母は、自分でもまったく腑におちない表情だった。

海紅豆という木は、鮮紅色の、さや豌豆に似たかたちの花をつける亜熱帯植物だった。十何年か前、ブラジルと姉妹県になった記念に、この九州南端の地に移植されたのだ。風土が合うのか、よく繁り、いまでは街路樹として町中いたるところに生えている。

「なんて虫?」

「ピテキルカとかなんとか、ちょっと覚えきれん名じゃ」と伯父が言った。「二、三年前、外地から船荷についてきてな」

「ほら、ここば刺されてね」

祖母は着物の裾をたくしあげ、臑のあたりを指さした。

「いつ刺されたと?」

「今年の五月。そのとき卵を産みつけられたんよ」

「えっ、卵を?」

「うーん、医者がそう言う。それで骨んところに小《こ》まんか穴があいて」

「穴があいた、そんな馬鹿な! で、痛くなかと?」

「ときどき痛《いと》うなって歩けんのよ」

「そりゃ大変だ」

「うん……」

「けど妙な話だな」

「こないだ、ボルネオからきた船に蛇が乗っとったねえ」

祖母はふっと首をひねり、隣りの母に話しかけた。

「そう、そう、木材を揚げるとき見つけて大騒ぎしたあ。すごい毒蛇だいうて叩き殺したら、あとで保健所の人がえろう惜しがってた。生け捕りにすれば値打ちもんだいうて」

「そいで皮剥いで、中学校に寄附したねえ」

祖母はそのときの騒ぎを懐かしむように、両手をひろげ、蛇の大きさを孫たちに自慢した。

母は萎れかけた花をぬきとり、水をかえ、新しい花を活けた。妹は精進料理を小皿に移し、墓前に供えている。

墓石の正面には、母方の家名があり、側面に死者たちの名が彫りこんであった。その列の最後に、まだ生きている祖母の名が刻まれ、そこだけ鮮かな朱色に塗りこまれている。

いつか祖母が死んだとき、だれかが刃物でこの朱を削り、火成岩の地肌をむきだしにするだろう。

「さあ、みんな坐ろ！」

祖母は花筵の真中にどしんと腰をおろし、包帯を巻いた太い足を投げだした。小さな孫たちが黄色い声をあげて、まわりに群らがった。おかっぱ頭の女の子が、夏蜜柑をなげた。祖母は、小犬とじゃれる手つきで孫たちの尻を叩いた。父と母、叔父と叔母が、それぞれ番《つがい》になって坐りこんだ。

伯父が焼酎の栓をぬいた。祖母はその一升瓶をわし摑みして、墓石に注ぎかけた。

「この人は焼酎で命とられて、本望じゃろうねえ」

「戦争んときも防空壕で晩酌やっとったな」

「そう、そう、配給のぶん駆けずりまわって手に入れたと。ほうれ、うんと呑みゃんせ」

焼酎は、黒く乾いた火成岩にみるみる吸い込まれていった。死者たちの名を刻んだ窪みに液がたまり、祖母の名がつやつやかな血の色に光った。

「ここに墓を移したとは、いつじゃったけなあ」と伯父が言う。

「そろそろ二十年よ。あんたと二人でいったねえ、桜島の墓を起こしに」

「そうなあ、本家と喧嘩して……」

「お骨といっしょに眼鏡が出てきたねえ」

「おう、レンズもついとった。ひびが入ってたが、割れちゃおらん。髪《かん》の毛もついとったなあ」

「焼酎瓶もそのまんま埋まっとったね」

「火山灰が軽かせいじゃろ。けど、あの焼酎はとろっとして、うまかったなあ」

「ここに地所を買《こ》うまで、お骨を家に置いとったね。そんとき台風がきて、高潮になって……、憶えとらんね？」

「ああ、床下まで水浸しで、畳積んで、にぎり飯ばっかり喰ろうとった。あのとき台風の目に入ったろ」

「うん、うん、なんか気色わるかったね。急に凪んごつ、しーんとなって……」

「蛙がわっと鳴きだして、えろう蒸暑うなったな。星もよう見えた」

「そいから二日ぐらい潮も引かんし、銹がとけて、鉄工所が血の海んごとなったよね」

「伝馬舟かりて、簞笥なんか乗せて運んだろ」

「神棚《かんだな》といっしょに、お骨も運んだねえ」

「ああ、母さんは伝馬舟に乗って、こっちは腰まで水に浸って舟ば押した」

「そうじゃ！」いきなり二番めの叔父が言った。「水がひどう臭かった。便所がぜんぶ水浸しで、あっちこっち黄色いやつがぷかぷか浮いとった！」

叔父は中腰になり、伝馬舟を押しながら、鼻をしかめ、海面に漂う糞をかきわける身ぶりをした。祖母は厚い肩をゆさぶり、笑いころげた。

空は澄んでいたが、奥の方から、藍いろの闇が沁みだしてきた。夕陽に炙られていた入道雲も、ぼうっと霞んでいる。東の水平線に、白い楕円形の月がかかり、空や海の力を引き絞るように、静かに昇りはじめた。

つぎつぎに蠟燭の火が点った。人々は石の柵や、墓石の台座や、いたるところに蠟燭を立てつづけた。墓石の火成岩が、熱くたぎる溶岩のように赫く光った。カンナの花が地から生えた炎のようにみえた。

潮風にのって、線香の匂いが漂ってきた。四方八方から騒めきが湧きたち、地虫や蛙の鳴き声と混りあって、脹らみはじめていた。

父は墓前で手を合わせ、低くぶつぶつ口ごもっている。叔父が耳をそばだて、

「こらあ、たまげた！　アメリカさんがお経ば唱えとる」と、からかった。

「…………」父は苦笑いを浮かべた。かすかに顔の筋肉が左へひき攣《つ》った。シベリアの収

容所に囚われていたころ、零下四〇度の寒さにやられて顔面神経痛にかかったのだ。

父は幼いとき両親を失い、分家や親戚たちの家を転々とたらい回しにされながら育ったという。虫食いだらけの家系図と、一振りの日本刀だけが父に与えられた財産だった。成人すると父は単身大陸へ渡り、ささやかな事業をおこし、結婚して子をもうけ、戦争に駆りだされて捕虜となった。シベリアの原生林や、炭坑で働き、夜は捕虜同士ぴったり背中を合わせ温めあって眠った。目ざめると隣りの男がすでに凍死していることもあったという。栄養失調で鳥目になり、顔面神経痛にやられながらも、ようやく生きのびて日本に帰ってきたのだった。

母の実家は、この土地で船修理の鉄工所を営んでいた。父はまったく別の土地で生まれ、明が生まれたのも満州のハルピンだった。かれらの家族は半分はこの土地の血に繋がっているのに、引揚者だという理由だけで、いつまでたっても他所者として扱われていた。本土南端のこの辺鄙《へんぴ》な町で、もう三十年近く暮しながら、父はいまでも決して土地の方言を喋ろうとしない。長身で都会的な身なりのせいか、土地の人々から「アメリカさん」と陰口をたたかれている。母は、田舎女が都会人を仰ぎみるようにいつも父の言いなりになっているが、実家に立ち寄り、祖母や、武骨者の叔父たちと喋るときは、「あのアメリカさんが――」と、からかい半分に笑うのだった。その父も、もう五十過ぎだった。

「アメリカさん、そら、なんちゅうお経な？」

剽軽者《ひょうきん》の叔父は、みんなを笑わせようと機会をうかがっている。

「忘れたが……」

父はわざと方言で受け流した。雑貨屋や、女郎相手の化粧品、パーマネント屋、明の憶えているだけでも五回か六回、商売を変え、いまは四〇キロほど離れた地方都市に事務所をかまえ、漁権のブローカーをやっている……。明は、やや猫背ぎみの後姿を眺めながら、父がいまも漂泊者であるのを感じた。髪を染めているのか、生え際が一ミリほど真っ白だった。子供の頃、父がPTAの集まりにやってくると、明は気恥ずかしくてたまらなかった。ほかの親たちが魚くさい普段着や開襟シャツ姿だというのに、父だけ派手な色のネクタイをしめ、髪にべっとりポマードをつけていた。素足の同級生たちは「ほら、アメリカさんが」と、うつ向いている明を指で突ついた。決して父のようにはなりたくないと、明はいつも思っていた。

「遅うなって、ごめん、ごめん」

母の妹にあたる叔母夫婦が、四人の子供たちを引き連れてやって来た。

「なんせ、お盆列車じゃろう。えろう混んでねえ」

花筵の上はすでに満員だった。砂地に坐りこんでいる子もいれば、墓石の台座にしゃがみこんで御馳走をむさぼる子供もいる。いったい誰が誰の子なのか、もう見当もつかない。明は、蓮の根のてんぷらを食べ、かっと血の燃える焼酎を呑んだ。

「母さん、屋根ば造ろうか」

叔父が、祖母に話しかけている。この地方には、墓石の上に切妻形の小さな屋根をつける風習が残っているのだ。

「いらん、いらん」と祖母が首をふった。

「雨ざらしんままが好きか」

「だって、空が見えんごつなる」

「墓はきれいになるし、花だって保ちがようなるぞ」

「ああ、鬱陶しゅうて嫌だね。空の見えるほうがよか。ここは陽当りもよかし、海もよう見える」

「屋根をつけるなら、金だそう思うとったがなあ」

「じゃあ、木を植えてくれんね、ここんところに」

「なんの木がよか？」

「ほら、舶来の杉ですうっと三角に伸びていくとがあるねえ」

「糸杉か？」

「そう、それを植えてくれんね」

「こげん砂地で育っかなあ、それに潮風でやられてしもうが」

「じゃ、いらんよ」祖母は蠅をはらう手つきで言い、ぐるりと全員を眺め回した。「ここん墓には、だれと、だれが入っとかねえ」

「…………」叔父はあっけにとられていた。

「お前たちはここじゃねえ」

祖母は伯父の方をふり向き、笑いながら足もとを指さした。

「おう、ここじゃ、ここじゃ！」

伯父は骨太のがっしりした手で、花筵を叩いた。

「あ、おれもここかあ」と叔父が言う。

「お前たちは別にしたってかまわんよ」

「いやあ、賑やかなほうがよか」

「そうねえ」

「わたしらは違う」

遅れてきた叔母が、忌《いま》わしいものを拒むように眉をしかめた。

「ああ、うちもここじゃなかね……」

母が不安を隠しながら、しんみり呟いた。一年半前に乳癌の手術を受けて、左の乳房を切り取られてしまったのだ。その頃にくらべると全身に脂がつき、どっしりと肥っているが、ブラウスの胸のところが左側だけ真っ平だ。三年以内に再発しなければ助かるだろうと医者に言われて、いまやっと真中にさしかかる時期だった。

「あれっ」

妹が声を洩らした。

「どうした?」

「うちはどこに入るか、まだ分らんの」

「早よう嫁に行かんね!」

と祖母が笑った。それに釣られて、みんなも吹き出した。

「ねえ、明、あんたの写真がここに埋めてあっとよ」

祖母はからかい半分に、また足もとを指さした。

「え？」

「ほんとよ、じいさんはお前に会いたがってね、初孫じゃからねえ。満州から送ってきた写真、財布に入れて、いっつも持ち歩いとった。それがとうとう会えずじまいで、だから、お棺に入れていっしょに埋めたんよ」

「けど、それは桜島の墓だろ」

「ここにお骨を移したとき、また一枚入れといたよ、こげん大きゅうなりましたと」

「いつの写真？」

「小学校へ上がる記念写真よ」

「…………」明は、自分の分身がどこかへ逸《はぐ》れている気がした。他人から、夢の中にお前が出てきたと聞かされるような感じであった。

「桜島に埋めたの、どの写真ね、うちが赤ん坊抱いとる写真？」母が急に昂ぶった。「ほら、明が毛糸の帽子かぶって、うちはトナカイの毛皮着とったでしょう。ほら、凍った河ん上で！」

「さあ、よう憶えとらん」

「ああ、きっとそん写真よ！」

母はうつむき、地中を透視するように眼にぎゅっと力をこめた。そして花筵から視線をひき剥がすなり、父に言った。

「引揚げるとき、写真もってこれずつらかった。ロシア兵がだめだと言うて……。せめて一枚だけ持って帰りたかった、ほら、あんたに赤紙がきて、ハルピンの写真館へいったよね。あのとき明が腹におって……」

「ああ、あれか……。あとで水盃を交わしたなあ」

めったに笑わぬ父が、顔面神経痛の左頬をゆがめ、やさしくうなずいた。年に一度か二度、ふっと気まぐれを起こして「ようし、今日は、本場の支那餃子をつくるぞ」と、台所へ立つときの微笑だった。

「ハルピンで、あんたの家系図を焼いてしもうた……。写真も、書いた物もいかん、違反者のでた班は引揚げ中止すると脅かされて、燃やしたんよ。ぼろぼろ涙がでて、ああ、馬鹿なことした、ごめんなあ。あのとき支那人かロシア人か、だれか信用できる人に預けとけば……」

「さあ、三味線ば弾こうか」

いきなり祖母が言った。

「おう、ハエヤ節じゃ！」

囃を入れる呼吸で、すばやく叔父が言った。南風《はえ》が吹き荒れるとき、漁師たちが陸《おか》にあがり踊り狂う節をやれというのだ。

祖母は、包帯を巻いた片足を投げだしたまま、三味線を横抱きして、弦の張りぐあいを試しはじめた。

「さあ！」

背すじを立て、祖母は撥《ばち》をかまえた。

突然、高らかな音が迸った。張りつめた全弦が震え、いっきょに頂点へ達したかと思うと、いきなり巨大な闇がのしかかり、その音を削ぎおとした。

音は余韻も残さず、すっと消えていった。その瞬間、次の音が飛びだし、消え去った音を追いかけ、たちまち闇へ吸い込まれていった。遠く、透明に澄んだ音だ。三本の弦は、しばらく闇の深度を測るように震えていた……。やがて、きらびやかな旋律が溢れだした。太鼓の乱れ打ちを思わせる、激しい撥さばきだ。音は豊かにうねり、記憶する間もない速さで、心を浚い、闇の奥へ、奥へと進んでいった。空間が波だち、死者たちの密やかな呼吸のように振動していた。また音が切れた。闇がいきなり透明な地崩れとなり、なだれ込み、祖母の節くれだった指さきに集中した。

「ハッ！　ハアッ！」

祖母は、鋭く息を吐く。撥をふりおろす一瞬、灰色のほつれ毛がふわりと逆立った。憑かれたように祖母は弦を鳴らし、指さきから大地の音を汲みあげていった。その音はうら寂しく、きらびやかで、豊かだった。有機物のうめき、微生物のうごめき、ごうごうと流れる地下水の響き、密やかな死者たちの呼吸。そんな息づかいや震えが、地の昏がりから祖母の指さきへ鬩《せめ》ぎあがってくるように思えた。

叔父がふらりと立ち上った。

「早よなあ！」と叔母が笑う。

叔父は毛むくじゃらの両腕を伸ばし、夜空を掻きわけて踊りだした。

「イョッ、アッ、イョッ、ハッ！」

飲みかけの一升瓶が倒れ、焼酎が溢れだした。叔父はかまわず足を濡らしながら踊り、シャツを脱ぎすて、上半身裸になり、

「おい、明、踊らんか！」と手招きした。

焼酎を空にして景気をつけ、立ち上った。爪さきが花筵の下の砂に沈み、ぐらりと体が泳ぎかけた。弦の響きは海鳴りのように盛りあがるかと思うと、また闇の奥へ逃げこみ、遠くへ引いていった。明は音のうねりや満ち干を追いかけ、手繰りながら踊った。

「よぉし！」

伯父も起ち上り、武骨な体を揉みほぐした。

伯母が、急いで小皿や重箱をかたずけ、

「な、康《やす》さん、踊ろ」

と母の手をひいた。

母は左の脇をかばいながら立った。伯母は、最初の拍子から巧みに三味線に乗った。母は二、三拍子ためらってから、すっと踊りに入った。左手を胴に押しつけたまま、右手だけで夜空を縫っていく。乳癌の手術を受けたあと、肉がひきつり、左手が肩から上へあがらないのだ。

「父さん！」

明は、ぽつねんとして居場所がなさそうな父を呼んだ。他所者同士の親しみが感じられた。茶碗半分の焼酎で赤らんだ父は、唇をゆがめ、照れくさそうに笑った。

いる。


「さあ、踊ろ、踊ろ」

妹がはしゃいで父の手をひく。あたりの空気がぱっと華やいだ。

父は自信なげに腰をあげ、どの拍子から入っていいか分らず、途方にくれて足踏みしている。

「イヨッ、ハッ！　イヨッ、ハッ！」

祖母は呼吸を切り、力強く囃を入れた。

父はその気魄に押しやられ、ためらいがちに闇のなかへ手をさし入れ、引っ込めては、また掛け声をうかがい、ぎこちなく踊りだした。

祖母は、自分の指がひきだす音に合わせて体をゆすっている。

突然、ある物悲しい光景が、明の胸をかすめた……。

祖母の鉄工所が零落し、地価の落ちる岬の方へ移転したときのことだ。もとの屋敷や鉄工所を解体し、その古びた梁《はり》をふたたび組み立てる淋しい棟上式の日、祖母の一族や大工たちが、筵をしき、ひっそり焼酎を呑んでいた。

そこに満天さんが通りかかった。「満天《まんてん》」という遊廓の主人だった。その遊廓は三階建てで、屋根の甍が寺院のように高くそびえ、海の上へせりだした露台で女たちが踊り、太鼓を鳴らし、毎晩どんちゃん騒ぎをやっていた。主人は並はずれて背が高く、色白でゆったり肥った大男だった。いつも退屈そうに、なんの用事もなくぶらぶら町を歩いていた。成りあがりの他所者で、女郎屋の親父だと、土地の人たちは蔑み、嫉妬していた。だが決して嫌な男ではなかった。子供たちには愛想がよく、土地の人たちの反感などなに食わぬ顔で、いつも飄々と歩いていた。

「あ、こりゃどうも」

満天の主人は、縁起ものだからとすすめられるまま、湯のみ茶碗一杯の焼酎をすっと水のように呑んで、立ち上り、なにかぶつぶつ呟きながら帰っていった。そして間もなく、十人ほどの女郎たちを引き連れてやって来た。女たちは、かんな屑だらけの筵に坐るなり、三味線を弾き、小太鼓を打ち鳴らし、陽気に歌いはじめた。

大工や、母の兄弟たちはあっけにとられて眺めていた。叔父の一人はむっとした顔つきで、なにか言いたそうだった。すると、祖母が立ち上り、

「満天さん、おおきに！」

と、おおらかに笑い、女郎たちの三味線に合わせて踊りだした。

満天の主人も嬉しそうに笑い、白く肥った体をゆすり幇間《ほうかん》めいたおどけた身ぶりで、祖

母といっしょに踊りはじめた……。

焼酎の精気が、全身の気孔に吹きだしてきた。闇が肌にまとわりついて真夜中の海を泳いでいるようだ。

墓地中の人々が、あちこちで踊っている。無数の手が夜空へのびあがり、蠟燭の火で橙いろにきらめき、揺れ、その指さきから宙に吊るされている。

砂浜に一升瓶を突き立て、波打際で浮かれる人たちもいた。墓地の騒ぎに驚いたのか、漁師町の方から何百という豚の、けたたましい金切声が湧き起こった。

子供たちが墓石の森を駆けまわり、かんしゃく玉を投げはじめた。四方八方で、火薬が爆《は》ぜ、眠気をさそう線香の匂いに、きな臭いものが混り、鼻をついた。宙を切る火薬玉は見えず、瞬間、瞬間、いきなり時が炸《さ》けるように爆発する。風の音も、海鳴りも消えた。煙幕がひろがり、突然、目の前の墓石にぶつかり、かんしゃく玉が炸裂した。大酒呑みの祖父が、けたたましく爆笑しているようだ。

「こらあ！」

子供らはすばしっこく逃げ回り、かんしゃく玉が尽きたのか、供え物の団子を投げはじめた。叔父の子が飛び出し、手近かな団子をつかむなり、盲滅法あたりへ投げつけた。

「こら、潮《うしお》、やめんかあ！」

子供は群れの方へまぎれ込んでいった。墓石の陰で、子供らの眼がきらきら金褐色に光っている。

提灯が、火を吹いて燃えあがった。

子供らは不意に飛び出し、宙吊りの提灯めがけて団子の礫《つぶて》を投げつづける。紙の提灯はつぎつぎに火を吹き、落ちていった。その火が花筵に燃え移り、金の火粉をまき散らした。人々は、墓石につまずきながら逃げまどった。

金盞花がきらめき、供え物のカンナが炎に炙られ、みるみる萎れていった。鶏頭の花は血まみれの心臓のように輝いている。

風の勢いが強まってきた。

蠟燭の火が、みるみる風に摘《つ》みとられていった。赤い熔岩が冷えるように、墓石が黒々と凝固していく。砂地が青白く光りはじめた。

焼酎が全身に沁みわたっていた。細胞という細胞がいっせいに蜂起して、でたらめに騒ぎたてているように思えた。

土葬された祖父が足もとに感じられた。まわりの闇がふるえ、個性を失い、ひとつの集団となった死者たちが地上の記憶と戯れている気配がする。明は踊りつづけた。爪さきが砂へめり込み、そのまま深みへ沈んでいく。宙へさしのべる手は意識をふり切り、闇の奥へ、奥へと逃げていった。全身が妙な形にねじくれて、手足、背骨がばらばらに漂っていくようだった。

焼酎に酔いつぶれて夢のなかを走った。

そこは火口壁の彎曲部にある風穴らしく、鳥肌のたつ冷気が流れていた。明は、血清を求めて走りつづけた。リョウの血が腐りかけているのだ。急がねばならない、急がねばならない！　風穴には潮騒がこもり、どこかで外海に通じているらしい横穴が無数に口をひらき、奥へ、奥へ曲りくねってゆくと昏いがらんどうに迷い込んだ。岩に封じこめられた巻貝の化石が、消滅し、そのまま空洞《うろ》になったようなところだった。幽霊とも石像ともつかぬものがひっそり凄むように微笑し、ここまでだぞ……と行方をさえぎる姿勢で、掌を向けている。その背中に、何か恐ろしい空間をせきとめている。明は、あわてて逃げだした。そうだ、リョウの血が腐りかけているのだ、血清が間に合わない、急げ、急げ、急げ！

目をひらいても現実感がなく、目ざめる一瞬を、いま夢にみている気がした。自分が何者なのかわからない。二日酔いの頭痛だけが、確かに昨日とつながっていた。

寝静まった家をぬけだし、噴火湾のほとりに出ると、ようやく、すがすがしい潮の香に肺が染まった。

ところどころ水面が盛りあがり、熱湯が泉のように噴きこぼれていた。この辺の海水はいつも温かく、真冬でも泳ぐことができた。だが岸から十五、六メートルも離れると、冷たい水塊にぶつかり、ひどく危険だった。明が子供のころ、他所者の船員たちが知らずに泳ぎ、心臓麻痺を起こして大騒ぎになることもよくあった。

火口壁はほとんど垂直にきり立ち、黒褐色の岩肌をむきだして、馬蹄形につらなっていた。地中の岩漿《マグマ》が一〇〇メートルほど盛りあがり、そのまま凝固したのだという。急激に冷えたせいか、稲妻のかたちに無数の亀裂が走っている。その上半分だけ、岬を越えてくる朝の光に照らされ、たったいま隆起してきた赫いマグマの色に輝いている。

噴火湾の水は、岸辺すれすれまで盛りあがっていた。

あそこに、あの廃船が在った。朽ちかけた竜骨にびっしりフジツボがはりつき、鮫の歯のかたちに白く光っていた。二十年も前の事件が、今朝の夢のつづきのようにぶり返していた。

引揚者の子である明は、土地の子供たちから除け者にされ、流れ者の漁師の子や、女郎の連れ子たちが仲間だった。二十年前のその日、いつもの仲間たちと廃船の舳《へさき》から海へ飛び込んだり、沖のブイまで泳いだりして遊んでいた。鉄のブイは熱く焼けつき、しばらく寝そべっていると背中や尻がじりじり焦げ、火傷しそうだった。こらえきれず海へ潜り、また仲間たちと廃船へ引き返した。領三《りょうぞう》という子が大将で、甲板のいちばん心地よい場所をまっさきに占領した。

領《りょう》の母は、この港町の長州屋という遊廓に住みこみ、賄婦と女郎をかねて働いていた。父親は若い女郎と駆けおちして、地廻りに追われているという噂だった。領は負けん気のつよい少年で、母親に対しても、いつも家長めいた横柄な態度でふるまっていた。真っ黒に日焼けして、すばしっこく、心根がやさしいのに、うわべは狡《ずる》賢い子だった。

その廃船の上で、探検ごっこをして遊んだ。かつて赤道直下のあたりまで航海したという船は、いたるところ不思議な空間を隠していた。甲板の真中には、正方形の空間があり、朽ちかけた梯子が底へつづいていた。獲れた魚をたくわえる冷凍室の入口だった。奥をのぞきこむと、船腹が破れ、黄色い光がぼうっと射し込んでいる。淦水《あか》がどろりと血の色によどみ、フジツボのはりついた竜骨が気味わるく肋《あばら》のようにつづいていた。鯨の腹の中をのぞいている気がした。

仲間たちは操舵室へよじ登り、銹だらけの羅針盤の針をひっこぬいたり、操舵輪をがらがら回したりして遊んでいた。エンジンを屑鉄屋に売り払った廃船は、なかば浸水しながらも軽々と海に浮かんでいた。

「ぎゃー！」

突然、叫び声が聴こえた。

操舵室から飛びだすと、一段低い機関室の平屋根に、領がうずくまっている。跳びおりてガラスでも踏みつけたのだろう。

「釘ば踏んだ」

と領が呻いた。両眼が脹らみ、目尻まで裂けてしまいそうにみえた。釘ではなかった。機関室の天窓を固定する金具がぼろぼろに腐蝕して、芯だけ細く尖り、足の甲を貫いていた。

領は歯をくいしばり、強引に足をひきぬいた。こわばった指の間から、血がこぼれ、平屋根の鉄板で、じゅっと音をたてた。

明はおびえて後ずさりした。機関室の屋根のへりまできて、ここが海の上であることにあらためて気づいた。

「待っとれよ！」

明は大人を呼ぶつもりで、逃げるように機関室の屋根から、海へ飛びこんだ。蹴り足がそろわず、空中で体がねじれ、左耳から海へ落ちた。水面に叩きつけられて脳震盪を起こしたためか、しばらく意識がもうろうとした。目をひらくと透明な緑のなかを沈んでいた。水を蹴り、ひっしに浮き上ろうとした。息が切れかかっていた。明は、渾身の力で水を掻きわけた。頭上に黄緑の水面がひろがり、波のきらめきが裏側から透けて見えた。水中を貫いてくる光線の遙か向うに、光の塊りが浮かび、ぼうっと白く輝いていた……。

二日後に、あっけなく領は死んだ。

ひどい高熱にうなされ、二日間ただ震えていたという。破傷風だとわかったときは、すでに手遅れだった。隣りの市から取りよせた血清は、ついに間に合わなかった。

葬式のしたくは、遊廓の帳場で行われた。黒い和服を着た女将や、若い板前たちがてきぱき立ち働いていた。女郎たちは勝手がちがい、うろうろ帳場を出入りしていた。

幟《のぼり》のひるがえる竹竿をおし立て、明は仲間たちと共に行列の先頭を歩いていった。熱い草いきれや、潮の匂いが流れてきた。女郎たちは汗ばみ、化粧くずれを気にしていた。墓地は岩だらけの原野のように、夏の熱気を照り返していた。

墓穴は、明の背丈ぐらいの深さだった。夏草といっしょに土が掘り起こされ、すぐ下の方に火山灰の層がのぞいていた。

領の母は、明をみるたびに顔をゆがめ、浅黒い首に筋《すじ》をたてて嗚咽した。明はその視線から逃れ、自分の位置をそっと変えつづけた。やがて穴の上に天秤を渡し、ロープで吊るしながら棺がおろされていった。漬物樽ぐらいの小さな棺桶だった。領は背中をまるめ、両膝を抱えながら、その中にうずくまっているのだろう。

母親や、女たちに、シャベルが手渡された。土くれが落ち、鈍くこもる音をたてた。すばしっこい領の手が、内側から、棺の蓋を叩いているようだった……。

南風が、馬蹄形の火口壁にせきとめられ、静かな共鳴音をたてていた。日干しの魚骨を踏みくだき、あてもなく歩きながら、明はぶつぶつ胸に呟いた。

「領、あの血清さえ間にあえばなあ」

「…………」

「痛かったろう、ひどい熱でずうっと震えとったらしか。けど、あっけなかったな、神隠しんごとあると、みんな言うとった」

「…………」

「よく隠れんぼしたなあ、あ、いつか菜の花畑を荒したっけな、ほら、隠れんぼしとるうち暴れだして、めちゃくちゃに荒したろ。あとで弁償とられた、妹と二人分じゃ。頷んとこはどうした、女将《かみ》さんが払うたとか？」

「…………」

「葬式のあと、半年ぐらい肉が食えんかった。地《じ》だに埋められて腐っていく、そう思うと気色わるうなってな。肉くわんから血が足らんいわれて、人参の絞り汁ばっかり飲まされた」

「…………」

岬の方から血の臭いが流れてきた。魚の水揚げをやっているのか、温もりのない、ひんやりした臭いだった。子供のころ蛇の尾をつかみ、岩に叩きつけて遊んだことがあった。蛇の頭はぐしゃぐしゃに潰れ、焼けた岩に血が沁みていった。岬から流れてくる臭いも、あの爬虫類の血のように冷えびえしている。

家なみのたてこんだ路地に入ると臭いがこもり、風の吹きぬける通りでは、川のように血の臭いが流れていった。

かつて遊廓のあった区域には、安食堂や、飲屋、ペンキを塗りたくったバー、急ごしらえのスナックなどが軒をならべていた。高々と甍のそびえる遊廓は、怪しげな旅館や料亭に変っていた。

明の家族が満州から引揚げてきたころ、この町は本土南端の、鰹漁の基地として賑わっていた。赤道附近まで出漁する船が、原色の大漁旗をひるがえし、春から夏にかけての漁の最盛期には、季節労働者のように女郎たちがかき集められ、私娼窟がひしめき、町全体がいつもおかしな熱病にかかっていた。そんな土地柄のせいか他所者の多いところで、前科者の船乗りや、地廻りや、水商売の女たちが見知らぬ土地からたえまなく流れこんできた。

漁師たちが褌《ふんどし》ひとつでねり歩き、毎晩、毎晩、喧嘩騒ぎが絶えなかった。太鼓が鳴り、三味線の音が響き、淫らな歌や哄笑が湧きかえり、いつも夜明け近くまでどんちゃん騒ぎがつづいていた。極彩色の熱帯魚のように女たちが往き交い、どこの土地とも知れぬ艶《なまめ》かしい方言で男たちを誘っていた。赤道附近から帰ってきた漁師たちは、はち切れんばかりの欲望をかかえ、きらきら目を輝かせていた。

心中、駆け落ち、女郎たちの入水自殺、船乗りと地廻りの諍《いさか》い、人殺し……。ありとあらゆる騒ぎが起こり、かならず年に四、五回、噴火湾に溺死体が浮かびあがった。泥酔して海に落ちたと新聞の地方欄に発表されても、町中だれひとり信じる者はいなかった。疑わしい男たちは、もう次の日には南洋へ出航しているのだ。ほとんど無政府状態にちかい放蕩が、この辺鄙な港町にみなぎっていた。

遺伝性の梅毒で雪の肌をした少年。髪の生えぎわに瘡蓋《かさぶた》のある少女。どこか遠い土地の歌うような方言を喋る飲屋の息子。やくざとも船乗りともつかぬ前科者の、美しい一人娘……。そうした子供たちが、小学校のクラスにかならず五、六人は混っていた。引揚者の子、他所者の子である明は、かれらの仲間だった。黒潮に乗ってくる魚群のように、半年周期でひっきりなしに転校していく子供たちもいた。父兄会の日には、盛装した女郎たちが昂然と顔をあげてやってくることもあった。

遊廓の区域をぬけて、明はあてもなく歩きつづけた。潮の香がした。夾竹桃やカンナが燃え、竜舌蘭の白い花が咲いていた。

家なみの上に、一本の糸椰子が聳えていた。垂直に伸びきった幹の頂で、緑の繁みが球形にふくらみ、風にざわめいている。その糸椰子を目印に、曲りくねる魚くさい路地を辿り、広々とした空地に行きついた。

そこは、旧藩主の薬草園の跡だった。かつては南蛮の国々から渡来した薬草や、珍しい亜熱帯植物が栽培されていたという。火口壁の切り石を積んだ石垣が、砦のかたちにまわりを囲み、真中には小さな祠があった。いたるところゴムの大樹が生え、棕櫚や、檳榔《びろう》樹や天然記念物の竜眼という老樹が、主《ぬし》のように瘤《こぶ》だらけの巨きな枝をひろげていた。南隅の日当りのよいところに、榕樹によく似た、アコウ樹という亜熱帯の樹が生えていた。

掌ほどの葉が真緑に繁り、アコウ樹はその一本だけで鬱蒼とした密林をつくっていた。幹は地上から二〇メートルも伸びあがり、その枝という枝から、黒い気根が垂れさがり、巨大な馬か怪物の尻尾のようにゆらめいている。気根は蔓状にねじれ、絡みあい、何百となく垂れ、そのうちの何本かが地べたに達し、その先から、新たに根を張っていた。そして気根そのものが、また太い幹となり、貪婪に大地へ喰らいついている。

昔、そこは明の一番好きな遊び場だった。学校がひけると、まっさきにアコウ樹の下へ駆けつけ、ジャングル少年だとか、密林王だとか、そんな遊びに熱中した。ときには大きなゴムの葉で仮面をつくり、アコウ樹の気根でしっかり顔にしばりつけて遊ぶこともあった。そして日没のころ家へ帰るのが、いつもの日課だった。

ある日、腹を空かして家に帰ると、玄関は薄暗く、家中がひっそり静まり返っていた。黒い沓《くつ》ぬぎ石の上には、母の履物がきちんとそろえてあった。電灯は点いていず、どの部屋もがらんとして青みがかった夕闇が流れこんでいた。それでも確かに、母のいる気配がする。明は台所をのぞき、居間をのぞき、ふすまや障子を開けていった。どこに母がいるのか、明はなんとなく直感していた。だが、そこへまっすぐ直行するのが怖ろしく、憚《はばか》られるような気がしてならなかった。何度も空部屋をのぞいたあと、夕闇よりも暗い廊下をすすみ、奥の仏間をのぞきこんだ。直感したとおり、母はそこに居た。夏地の白っぽい着物が、ぼうっと仄明るく光っている。母は不自然に体をねじり、前かがみに坐っていた。

「ただいま」明は、試しに言った。

母はゆっくりふり返り、重たげに薄目をひらいた。干魚の目のように生気がなく、両手はだらりと畳に垂れ、指さきまで力がぬけきっていた。

「ああ、明、明ね……」

母は、ようやく明の姿を確認した。その口ぶりは重く、待ちかねていた、待ちかねていた……という気魄がこもっていた。　母はけんめいに背すじを起こし、力をふりしぼり、きちんと正座した。

「父さんは？」明は先回りして訊ねた。

「…………」母は、かすかに首をふった。そして、もつれる舌を強引に動かしながらやっと言った。「さよなら、明……。母さん、もう死んから……ごめんね、ごめんね……」

母は両手をつき、深々と頭をさげた。そして額を畳にすりつけ、そのまま沈むように崩れおちた。なにかしきりに呟いている。だが舌がもつれ、その声は寝息よりも掠《かす》れていた。

明はわれに返り、仏間から飛び出し、玄関の閾《しきい》を跳びこえ、素足のまま戸外へ走りだした。

外には、真青な夕暮れがひろがっていた。空は底知れぬ青さで、遠く、どこまでも澄みきっていた。道は細く、細く奥まり、そのまま町からはみだし、真青な空へ吸い込まれてしまいそうに見えた。明は走りつづけた。どこへ行けばよいか、どう対処すればよいか、すでに知っていた。数ヶ月前にも、母は一壜の睡眠薬を嚥《の》んだのだ。真夜中に医者が呼ばれ、すべてが内密に処理されていた。翌朝、明が学校へいくときも、母はまだ眠っていた。

「母さんは、ちょっと具合が悪いんだ」

と言いながら、父が朝食をつくってくれた。黄身のくずれた目玉焼だった……。数日のうちに、明は母が死のうとしたことを知った。真夜中に父と母の諍いが起こり、棘々しい声が廊下を渡り、子供部屋まで洩れてきた。

「あんな女！」と母が口走った。その声は憎々しげで、怖ろしいほど殺気だっていた……。

明は、素足のまま走りつづけた。

砕石をしきつめた道には、ところどころ硬い火山岩のかけらが突き出していた。だが足裏の痛みは、他人の痛みのように遠く感じられた。

涙が盛りあがり、水中で目を瞠いたかたちに道や電柱がゆがんでいた。目に映るものすべてがぼうっと霞み、家々は独立性を失い、鈍い凹凸をくりひろげながら、一つの塊りとなり、大地にはりついている。そこに生えている木々も、もう棕櫚や柘榴《ざくろ》とかいった名前を失い、ただ昏い大地の部分であるかに見えた。

明は涙をぬぐいながら走りつづけた。早くしないと、すべてが夕闇に呑まれて、どこかへ消えてしまいそうだ。道は暗く凹み、町全体が深い水に沈んでいた。夕暮れの空は、海の底から仰ぐように怖ろしい青さを湛《たた》えていた。

その夜、明は自殺未遂の顛末をつぶさに目撃した。駆けつけた医者は、牛馬の肛門にぐいと腕をつき入れる獣医めいた手つきで、荒っぽく母の胃を洗滌した。母は褐色のどろどろした胃液を吐き、目を閉じたまま暴れ、のたうち、髪をふり乱し、ついに失禁した。そして汚物にまみれながら眠りつづけた。妹はわけも分らず、ただ泣きつづけている。夜更けにようやく父が帰ってきたとき、明は母の枕許でぼんやり放心していた。

その後、父と母は和解したらしく、家はしばらく静かだった。辺鄙な町に、たちまち噂がひろがった。だが家の中では、父も明も、だれひとり母の自殺未遂のことを口にしなかった。外海が荒れ狂っているのに、火口壁に囲まれた湾の中だけひっそり静まり返っているのに似ていた。

その頃から、日没のとき、明は奇妙な不安に襲われるようになった。それは決まって、空が真青に深まり、足もとの自分の影が消え、地べたに吸い込まれてゆく時刻だった。アコウ樹は鬱蒼と枝をひろげ、高みから降ってくる夕闇に撓み、葉ずれの音をたて、ぶつぶつ呟いていた。そんな時、明は、ふっと遊びの手を休めてあたりの夕闇を眺め回した。いままで、こうして遊んでいる時、この薄暗い視界の向こうで、ほんとうにいま母が生きているのだろうか。自分の視線の届かないところに、もう一つの世界があり、そこに父や母たちがいるのではないだろうか……。それは夢に魘《うな》されるような不安だった。この目にいま映っている世界は、ただ一つの決定的な世界ではなくて、どこまでも、どこまでものっぺらぼうな一つの部分にすぎないのかもしれない。そして世界は境もなく重なりあい、どこにも要《かなめ》がなく、ただとりとめもなく茫々とひろがっているだけかもしれない。もしかすると、なにかのはずみで繋ぎ目がほどけて、あの家や母のいる世界と、もう永遠に連絡不能になっているのではないか。いま、ここから走りだしても、もうあの家に辿りつけないような気がする……。

アコウ樹の下で遊びながら、明はよく友だちに「昨日は、どげん遊びした？」と尋ねることがあった。すると友だちは、それぞれ昨日の遊びについて熱心に語りだすのだった。岩場で魚釣りしていて海蛇を見かけたこと……。読みおえた漫画本の話。西瓜泥棒の話。鳥黐《とりもち》をつくり山へいったこと。伝馬舟を漕いで、沖の生簀《いけす》に魚を盗みにいったこと……。そうだ、やはり友だちは、明の目に映らないもう一つの世界で確かになにかをして遊んでいたのだ。それなら、いまここで、みんな一緒に遊んでいるのはいったいどう説明したらいいのだろう。友だちの引き連れている世界と、自分の引き連れている世界が、ここで交わり、重複しているのだろうか。

日没を合図に、明はアコウ樹の下から夕暮れのなかへ飛びだし、家を目ざして走りつづけた。玄関の閾や、黒い沓《くつ》ぬぎ石は、そこで世界が重なるという標識のような気がした。家の中に駆けこむなり、台所の母へ向かって明はたてつづけに質問した。

「ね、ね、母さん！　三時間ぐらい前、なんばしてた？」

「そうねえ、買物かしら」

「じゃあ、二時間前はどうしとった？」

「買物してから、ちょっと鉄工所へ寄ったんよ。鞴《ふいご》が壊れて、みんな騒いどった」

「じゃ、一時間前は？」

「ご飯のしたくよ」

母はなぜそんなことを訊くのか問い返そうともせず、いつもと変りなく、流しにたまった洗いものを気にしている。食卓の上で湯気をたてている夕食は、確かにその証拠だった。だが明には、その温かい夕食も、目の前で笑っている母も、すべてが自分の帰ってくる時間を見はからって、そこに出現した気がしてならなかった。もしかすると、この家も母もすべてが架空の約束ごとで、毎日、決まった時間割どおり、ここに姿を現わすのかもしれない。そうだ、もし、いつもの約束を無視して突然帰ってくると、世界がうまく繋がらず、家も母も出現する時間がなくて、もうここにはなにも無いのかもしれない……。

ある日、明は「頭が痛い……」と嘘をついて、学校を早引けした。うつむきながら、がらんとした校庭をよこぎり、校門を過ぎるやいなや、走りだした。道は黄色く光り、家々の屋根瓦はいっせいに陽炎を吐きだしていた。そのまわりだけ青空が溶けて、水のかたちに揺らめいている。明はわき目もふらず走りつづけた。

鞄のなかで筆箱がかたかた鳴り、早引けしたことを町中に触れ回った。足もとに延びる道も、すれ違う顔みしりの人たちも、見なれた野良犬も、一瞬、一瞬、無数の世界がこちらへ近づき、音もなく繋がり、すっと重なり合っていくかに見えた。自分の引き連れてゆく世界が、それらすべてを受け入れ、みるみる膨らんでいく。だが、いつもなら明と歩調を合わせていくのに、今日はなぜか、いつもより迅《はや》くなにかが移動している。明は、きょろきょろあたりを見回した。世界が嘘をついているような気がする……。世界は秘密を隠そうと企み、すごい迅さで頭上を追い越していく。先回りしようと、明は全力で走りつづけた。

薬草園の跡は、不動の砦のままそこに在った。真中の祠は、日の底に青い影を抱えていた。アコウ樹は鬱蒼と繁り、葉ずれの音をたて、静かにひとりごとを呟いている。二抱えもある太い幹には、老人の血管を思わせる瘤《こぶ》がふくらみ、その窪みに飴いろの脂《やに》がかたまり、つややかに光っていた。枝という枝から気根が垂れ、ゆったり風にゆらいでいる。ところどころ太い根が隆起して地面をうねり、また無言のまま地中深く潜りこんでいる。

明はわけもわからず昂ぶり、家を目ざして走りつづけた。

家はいつもの姿で、さりげなく地に影を刻んでいた。閾には、泥がかかっていた。外界を仕切るにはあまりに無造作で、なんだかさりげなさを装っている気がした。正午前の光が射し、赤土の三和土《たたき》はいつもより乾いてみえた。台風のあと高潮がくると、代赭いろの海水が流れこみ、床までよく水浸しになる入口だった。沓ぬぎ石の向こうに洞窟めいた暗がりがのぞいている。その暗がりは奥へいくほど凝縮して、ひんやりした仏間につづき、さらに、昏い仏壇の奥へつづいてゆく……。

明は不安にかられ、裏庭へ回っていった。

植込みの隙間からのぞきこむと、枇杷《びわ》の木がやわらかい生毛だらけの実をつけ、赤紫のバナナの花が割れ、青く硬い房がはみ出していた。縁側の廂《ひさし》や、黒光りする柱や、すべてが見慣れたままの姿でそこに静止している。なにかの前触れで明が突然帰ってくるのを予知したらしく、家はあわただしく出現し、きちんと身づくろいをすませていた。なにもかも白《しら》を切り、決して秘密を洩らすまいと居直っているようだった。

明は小石をひろい、その家へ向かって投げてみた。石ころは台所の板壁に当り、小さく爆《は》ぜた。家は身じろぎもしなかった。母も不在らしい。もう一度、小石を選んで放り投げた。屋根の瓦にぶつかり、からから乾いた音をたてて雨樋《あまどい》に転げ落ちた。家はやはり、しんと静まり返っている。

明は、あてもなく走りだした。

真青な空が町全体にのしかかり、屋根屋根は怖ろしい気圧に耐えながら音もなく軋《きし》んでいた。人々は濃い陽炎をかきわけ、自分の影に曳きずられ、水中に立つ海草のようにゆらゆら歩いていく。通りの家々は真暗な口をひらき、そこにも洞窟がならんでいた。なかへ入ると、そのまま行方不明になり、世界から永遠にしめ出されてしまいそうだ。

薬局の軒さきには小枝が垂れ、果肉の裂けた柘榴《ざくろ》が赤くぎらぎら輝いていた。黒い電線が、睡眠薬の小壜のひしめく屋内へ入りこみ、片方の軒下からぬけ出し、また隣りの家へもぐり込み、電柱から電柱へつらなり、町はずれの方へ、どこか見知らぬ遠い土地へ果てしなく延びていた。

湾のほとりに出ると、せり出した突堤のつけねに、銹《さび》いろの鉄工所が見えた。日陰の縁台に漁師たちが腰かけ、コップの麦茶をすすっていた。その日陰の奥から、祖母が現われ、

「あらあ、明！」

と両腕をひろげるなり、祖母の世界へ引きぬくように、ぐいと明を抱きかかえた。

祖母の体は巨きく、日射しよりも熱かった。それはいかにも哺乳類という感じの温かさだった。

「ばあさん、そん子は孫なあ」

海の方から声が聴こえた。荒塩の塊りを口いっぱい含んだような嗄れ声だ。

「おう、初孫じゃっど！」

祖母は明の肩をつかみ、海の方へぐいと向きを変えさせた。

修理中の漁船が突堤にならんでいた。甲板に半裸の男たちが群らがり、昼めしを食っていた。赤銅《あかがね》いろの手の上で、黄色いアルマイトの食器がいっせいに乱反射している。こちらに注ぎ込む視線が感じられた。

「うん、よか子じゃ、けど、ちっと覇気が足らんど」

さっきと同じ嗄れ声だった。

「頭《びんた》ば刈れ！」とべつの声が飛んだ。

日焼けした裸体が銭湯のようにひしめいていた。だれが言ったのか見当もつかなかった。

「こん髪《かん》の毛なあ」

祖母はなだめるように笑い、明の髪をつかみ、逆さに引っぱってみせた。

風向きが変り、市場の方から血の臭いが漂ってきた。鼻の穴がひんやり腥《なまぐさ》くなるのを感じながら、明は思った。あの道順を辿ってくると、ここにかならず鉄工所があり、祖母がいるのはどうしてだろう。祖母がまぎれもなく祖母であり、自分が孫であるというのは、永遠に変らない約束だろうか。それに、自分と一緒に移動してきた世界が、祖母を中心にした世界と、どうしてこんなに狂いもなくぴったり噛み合うのだろう。

「明、学校はどうしたとね」

不意に、祖母が尋ねた。

「…………」

「こら、ずる休みしたな！」

「うん」明は無造作にうなずいた。

「なんでね？」

「べつん……」

「明、どうしたと？」

「本坊さん、来とらん?」

と、明は唐突に尋ねた。祖母の家にいつも出入りしている祈禱師のことだった。

「いや、今日は来られんよ」

「ふうん……」

「本坊さんに会いたかと?」

「うん」

「どうしてね?」

「知らん」

明は祖母の手から飛びだし、また走りだした。

「アキラ! アキラ!」

自分の名前が、幻聴のように背後から追いかけてきた。

突堤のはずれには魚の骨が干してあった。火口壁の巣から降りてくる鴉が、黒々と群がり、骨にこびりついた生乾きの肉を啄んでいた。魚の頭や、ひからびた腸《わた》のからまる脊椎を踏み砕き、明はやみくもに走りつづけた。

岬の先端あたりに漁師町がひしめいていた。道は細く曲りくねっていた。鰹を燻す匂いや、大樽につけこんだ塩からの臓物、饐《す》えた豚小屋の臭いなどが迷路じみた路地にたちこめている。納屋の中では、人々が血まみれの出刃を手にして魚の腹をひらいていた。水槽は血の池となり、おびただしい死魚の山が盛りあがっている。奥の方に焚口があり、炎が吹きこぼれている。下水溝には魚の血があふれ、暗赤色の泡をたてて流れていた。

屋根屋根には防風の石が積まれ、鱗のこびりついた網が干してあった。皺の奥まで日焼けした老人たちは、砂地にあぐらをかいて網のほころびを繕《つくろ》っていた。その節くれた太い指の動きをみていると、なにか不思議な力に操られて世界の裂け目を縫いあわせているように思えた。

海際へ出ると、目の潰れそうな光がみなぎっていた。青空は半球にそそり立ち、海や、陸地を静かに包みこんでいた。それは繋がることも噛み合うこともできない世界にみえた。ここまで共に移動してきた世界は、明を置き去りにして、半球の空へひっそりと吸い込まれていった。ばらばらに散らばっている世界がすべて、この海際へ引き寄せられて、めくり返され、青空の奥へ溶けてゆく気がする。明は、気ぬけして立ちすくんだ。そこには、ただ空の青が茫々とひろがっているだけだった。

たとえ母が死んでも、この青空は微塵もゆるがないだろう。それでいて半球の空はなにか途方もない意志をはらみ、海や、陸地や、人間の世界をぐいと掬いとり、どこかへ攫《さら》っていきそうに見えた……。

南風の吹きつのる日が、さらに二日つづいた。昨日はそれほどでもなかったが、今日は棕櫚の木まで撓み、歩くとき足のもつれそうな風圧が感じられる。

バナナの繁みは大仰なほど騒めき、長い葉をばたつかせ空を煽《あお》っていた。明はそこに踏み台を運び、鉈《なた》をふるい、まだ青い房を切り取った。切口から、透きとおった粘液が流れだした。そのねばねばした切口を、錐で突つき、一滴ずつ焼酎をたらしこんだ。焼酎は朝露のように盛りあがり、粘液と混りながらゆっくりと沈み込んでいった。盃二杯ぐらい注ぎこむと、毛布でその青い房を包みこんだ。四、五日もたてば発酵し、とろりとした甘みが満ちてくるはずだ。そのバナナを東京へ持って帰り、同僚たちへの土産にするつもりだった。

明は、アジア海運という名前だけ大きな会社で働いていた。二交代で中近東と日本を往復するタンカー乗組員たちの、転船手続や、出国、帰国の煩わしい事務上の雑務いっさいを代行する仕事である。社員五人の小さな会社だった。ごくありきたりの憤懣から前の会社をやめて、失業保険でぶらぶら暮しているとき新聞の求人広告をみて入ったのだ。

アジア海運。海の匂いがしそうな気がした。噴火湾の町で育ったせいか、船や、潮っ気のある男たちを相手にすると思うだけで、たまらなく懐かしかった。だが、そんな郷愁めいた甘い期待はすぐにけし飛んだ。タンカーはどの国の港にも寄らず、まっすぐアラビア湾に入り、二交代の船員たちはジェット機で帰ってくるのである。空港まで迎えにいくのが明の役目だった。海の男たちは青白くむくみ、ぼんやり虚脱していた。コンピューターで動く巨大なタンカーの中で、ろくに陽にも当らず会社員みたいな仕事ばかりしているのだという。どこの国にも寄港しないから、耳をそばだてる土産話もなく、血や酒の匂う武勇伝もない。港々に女がいるどころか、時差ぼけで眠たそうにあくびばかりしているのだった。仕事に慣れるにつれ、明は会社をやめたくなった。女とも別れた。もう東京での生活を切り上げて、田舎でのんびり暮したかった。だが職が見つかるかどうか不安だし、なんの野心もなく退屈もせず、一生、田舎で暮していけるか自分でも確信がなかった。お盆を口実に帰郷したのは、そのへんの感じを肌で確かめたかったからだ。それに乳癌の手術後、母の具合が心配でもあった。

明は迷いながら、青いバナナの房をさがしては力まかせに鉈をふるった。

半野生のバナナなど、もうだれも見向きもしないのか、黄色く熟れた房がいくつも夏の光に炙られていた。赤紫の大きな花弁を押しひらき、はち切れんばかりに膨らんでいる房もあった。熱しすぎたバナナは甘酸っぱい匂いを放っていた。その腐りかけた部分に卵を産みつけようと、小さな虫がぶんぶん飛び回っている。その翅音は耳の奥でうなり、頭蓋のがらんどうに充満した。

「アキラ、アキラ！」

家の方から、母の声が聴こえた。

「……………」明はふりあげた鉈を止めた。大きなバナナの葉に、緑の葉脈が血管のかたちに透けて見えた。

「明、ちょっと来んね！」

いつになく真剣な声だった。

明は踏み台から跳びおり、風が吹きぬける家に入った。

買物籠を手にした母が、入口の沓《くつ》ぬぎ石の上に立っていた。足首が太くて、生白かった。

「ねえ、いま外で妙なこつ聞いたよ」

「……………」明は鉈をぶらさげたまま突っ立っていた。

「あんね、トヨさんが海に落ちたらしか」

「えっ、だれが？」

「ほら、あんトヨさんよ」

「トヨさん……、ああ、きちがい豊《とよ》か？」

「そうよ！」

「どうしてまた？」

「よう知らんけどね、ついさっき氷工場の人に聞いたと。砂鉄置場がすごい人だかりなんで、トラック止めてきいたら海に落ちたちゅう話よ」

「豊さんが……」

「ねえ、行ってみらんね」

「落ちただけなら、どうってことなかろ。ちゃんと泳げるだろ、豊さんも」

「けど、すごい人だかりしか、変だと思わんね。きっと、なんかあったとよ」

「まさか……」

「そうよ、なんか起こったとよ！　あの豊さんのこっじゃ」

「うん、そうだな……」

「自転車があっと、自転車ならすぐよ。ね、行ってみらんね」

「よし、行こうか」

明は車庫の奥から自転車を引きだし、荷台に母を乗せて走りだした。

通りに出ると、また風が吹きつけてきた。火山岩の石垣にそって夾竹桃の花が咲いていた。真っ盛りだった。その花はあまりにも夥しく、真夏の光が大地から血を吸いあげているかに見えた。

道は、湾にそって馬蹄形に曲っていた。

バス一台がようやく通れるぐらいの幅で、火口壁の真下から岩棚のかたちにせり出している。いまは舗装されているが、昔は、台風がくると地崩れを起こし、よく海へ落ちこんでしまう道だった。そのたびに岬の町は湾のへりに突きだしたまま、離れ島となり、長いあいだ孤立した。ときおり寄港してくる船だけが、さまざまな噂や、品物を満載し、この辺鄙な町を外界へ繋ぎとめた。そんなとき世界は、地つづきの方角ではなく、茫洋とひろがる海の方に在るような気がしてならなかった。

明はサドルから腰を浮かし、体の重みをかけ、全力でペダルを踏みつづけた。荷台に横乗りしている母は、「早よ、早よ！」と陽気にはしゃいでいる。明は首をねじり、母に話しかけた。

「豊さん、最近どんなふう？」

「どんなふうって、相変らずよ」

「いま、何やっとる？」

「砂鉄船で働いとるよ」

「へえ、船乗りになったんか」

「いや船に乗っとるんじゃのうて、船から砂鉄を運ぶ仕事らしかね」

「ずうっとやっとる？」

「日傭いで、もう半年はやっとるねえ」

「薪割りはやめたんか、まだ漁の時期だろ」

「近頃、薪が高《たこ》うなったろ、魚ば燻すのも、製材所の木屑でやっとる。だから薪割りも、もう要《い》らんごつなったと」

「石切場ものうなったし、大変だな」

「けど、べつに気にしとらんみたい」

「そうか……。いまでも、あれ、やっとる？」

「おう、やっとるよ、毎日！」

母は体をゆすり、くすぐったそうに笑いだした。自転車がゆれ、母の額が背中にぶつかってきた。

「そうか、やっとるんか……」

思わず微笑がこみあげてきた。くすぐったくて、懐かしい気分だった。

午後の陽が天頂から傾き、火口壁の影が道の真中に落ちかかっていた。車輪と足はその影に埋もれ、頭だけ強い日射しに炙られている。明は思いだし笑いしながら、自転車を走らせていった。


……豊は、町の人たちから「きちがい豊《とよ》」と呼ばれているが、狂人というにはほど遠く、むしろ奇人といったほうがふさわしい男だった。たった一つ異常なふるまいを続けているだけで、いつもは極めて口数が少なく、こんな港町では珍しいほど静かな男だった。

豊は、納屋の薪割りをしたり、波止場の改修工事に傭われたり、その折々のわずかな手間賃で暮していた。兵隊のように頭を丸坊主に刈りあげ、髭は毎日きちんと剃り、身なりもこざっぱりしていた。もとの色がわからないほど褪せているが、たんねんに、継ぎがあたり、よく洗濯がゆきとどいていた。戦争が終って、その頃でもう十数年もたっているのに、枯草色の国民服を着ていることもあった。そんな姿で町を歩いているときも、豊はぶつぶつ独りごとを呟いていることが多かった。町の人たちは「きちがい豊《とよ》」と呼び慣わしているが、本人を目の前にしたときは、かならず「豊《とよ》さん」と、敬称をつけて呼びかけていた。そうして呼び止められると、豊は静かに立ち止まり、視線を注ぎこむように、まっすぐ相手を直視した。

その眼は、いつも硬く冴えわたり、白眼の部分は、青くみえるほど澄みきっていた。そのせいか、ぼんやり町を歩いているときも、豊はどことなく賢者か、苦行僧めいた雰囲気を漂わせていた。それでいて偏執的な冷たさもあり、いつなんどき凶暴化するかわからぬ無気味さも秘めていた。一見したところ、いったい何歳《いくつ》ぐらいの男なのか、どうにも判断のしようのない不思議な無表情だった。たしか四十五、六のはずだが、明の記憶のなかではほとんど容貌の変化が起こらず、どんな性格で、なにを考えているのか、まったく窺うことのできない男だった。並はずれて背が高く、全身はすらりと痩せていた。だが脂肪がないだけで、骨格はがっしりしており、筋肉がひきしまり、強靱なばねを感じさせた。いつも日傭い仕事をしているため、肌は黒くてらてら光り、インド人をおもわせる彫りの深い顔だちだった。

　きちがい豊の、たった一つの異常なふるまいは、いつも夕暮れどきに始まった。日没のあと、空が深い藍いろに変りかけると、かならず素っ裸になり、夕暮れの町に現われてくるのだった。そして、インド人めいた黒い顔をまっすぐ前方へ向け、男根をぶらさげたまま、夕闇のなかを走り回るのだ。そのとき豊はけっして口をきかず、背すじを立て、道の奥行を見つめながら黙々と走りつづけた。

　この町に来てまだ日の浅い女郎たちは、びっくりして立ちすくみ、それから豊を指さし、腹をかかえて笑いくずれた。そんなときも豊は表情を変えず、無言のまま女たちのそばを走りぬけていった。漁師たちが褌ひとつで通りをねり歩く土地柄のせいか、あるいは十年以上も見慣れたせいか、町の人たちも子供らも、それがきちがい豊の日課であり、豊はそういう人間だと思いこんでいた。なぜ、豊が素っ裸になり、男根をぶらさげて走り回るのか、あらためて考えようとする者など、だれ一人いなかった。夏の盛りであろうと、真冬であろうと、夕暮れがくるたびに、豊は素っ裸のまま現われ、かならず町のどこかをひた走っていた。

　きちがい豊の走っていく道順は、その日、その日によって異っていた。明はあのアコウ樹の下から飛びだし、家を目ざして走ってゆくとき、食堂の前や、製氷工場のそばや、女郎屋の近くや、なにげない金物屋の前や、町のいたるところでよく豊に出くわした。ときには方角が一致して、豊のあとを追いかけていくこともあった。そうするうち明は、豊の走っていく道順に、ある一定の方角や法則があることに気づくようになった。一見、でたらめに走っているようでいて、豊はなにか得体の知れぬ秩序を、いつも厳密に守っていた。まず南東の方角へ走りだし、火口壁の外輪部へぬける坂のあたりで、西へ曲り、かならず北を背にして右回りに帰ってくる。小さな路地や枝道に入ったり、空地を横切ったりするときも、豊は時計の針のように、かならず右へ、右へと回りつづけていた。そのことに気づいてから、明はなにか重大な秘密を手中にしている気がしてならなかった。なぜ、きちがい豊が日没のあと素っ裸で走りだすのか、明にはよくわかる気がした。たぶんそれは、鬱蒼としたアコウ樹の下から、ものの象《かたち》が溶けだす夕暮れの中へ走りだすときの、あの不思議な気分に似かよっているのだろう。だが、なぜ右回りでなければならないのか、それはまったく想像がつかなかった。後を追いかけて走っていくとき、きちがい豊がべつの方角へ曲っていくと、明は立ち止まり、しばらくその後姿を眺めていた。薪割り仕事で黒く焼けた背中は、そこだけ視野に穴をあけて、刻一刻、遠ざかり、真青な夕闇の奥へ吸い込まれていった。

その後姿を見ていると、目の前にまったく異質な空間が口をひらき、この町のどこかに、なにか不思議な力や、目に見えぬ軌道のようなものが隠されている気がしてならなかった。太陽を中心にして、地球や、火星や、水星、土星が回っているというが、もしかすると豊だけが不思議な力に捉まって、この夕闇のなかを回っているのかもしれない。そうだとすれば、その中心にあるのはいったい何だろう……。明は仄暗い四つ角に立ち止まり、よくそんなことを空想した。そんな瞬間、夕暮れの空が頭上からのしかかり、世界が青く透きとおった氷塊となり、明を封じ込めた。足もとの影は大地へ吸い込まれ、すでに消えかかっている。家なみは昏い洞窟めいた入口をひらき、柘榴《ざくろ》や、夾竹桃の花は、冷たい氷花のかたちに凍りついている。きちがい豊だけがその凍った空間を突きぬけ、母のいる世界や、祖母や、友だちのいる世界をわけもなく突きぬけ、透明人間のように素通りしていく気がする……。だが、明のそんな空想とは関りなく、きちがい豊は、くる日も、くる日も、黒々とした男根をぶらさげ、町のどこかをひた走っていた。それはかならず夕暮れで、空が怖ろしいほど青く透きとおり、その奥から闇が溶けだしてくる時刻だった。

オートバイや自動車が、つぎつぎに明を追い越していった。小型トラックは、町の人たちを満載していた。母が「早よ、早よ！」と背中を叩く。明は、ひたすらペダルを踏みつづけた。

馬蹄形に彎曲した湾の、いちばん奥まったあたりに造船所があった。建造中の鉄船が、甲冑めいた横腹をむきだしている。その岸壁に船が密集し、乾ドックに入る順番を待っていた。

砂鉄置場は、造船所の西側にあった。

コンクリートの埠頭に、人だかりが見えた。明は、火口壁の日陰に自転車を止めた。母は荷台からとび降り、さきに駆けていった。岸辺には四、五十人の野次馬が群らがり、ざわざわ海をのぞきこんでいる。

岸から二尋《ふたひろ》ほど離れたところに、砂鉄の採集船が浮かんでいた。甲板は矩形に凹み、海水を吸った砂鉄が、黒いピラミッドのかたちに盛りあがっている。その重みで、船の吃水線は深々と沈んでいた。舳が、鈍い丸みを帯びているだけで、砂鉄船はほとんど長方形の箱船だった。

母は人混みのなかへ割りこみ、ことの次第を尋ねはじめた。みんなも噂を聞いて駆けつけたばかりで、よく事情を呑みこんでいないようすだった。埠頭の隅の方に、パンツ一枚の男たちが坐っていた。海から上ったところらしく、男たちは濡れた体を日に乾かしていた。全身から水蒸気がたち昇り、男たちのまわりだけ陽炎が濃くなっていた。天秤をもった人夫たちが、裸の男たちを取り囲んでいる。

母は、その人垣を押しのけ、

「なんが起こったとな？」と勢いこんで尋ねた。

「あそこから落ちてなあ……」

人夫のひとりが無精髭だらけの顎で示した。

砂鉄船と岸の間に、一枚の渡し板が架かっていた。人の肩幅ぐらいの、細長い板だ。砂鉄船が深々と沈んでいるため、その渡し板は斜めに傾いていた。

「天秤ばかついだまま、海せえ落ちてなあ」

べつの人夫が指さし、すぐ憚るように、その指を引っこめた。

「そいで、豊《とよ》さんは？」

「…………」人夫たちは力なく首をふった。

「沈んだまんまな？」

「ああ」

「どんくらい前？」

「一時間近《ちこ》うたったけなあ」

「一時間も！」

「………」人夫たちは目のやり場に困っていた。

「なんで落ちたとな？」

「こげな風じゃろうが」

年配の人夫が、ちらっと馬蹄形の空を仰いだ。その青い淵から風のきしむ音が降ってくる。

「けど、なんで浮いてこんと？」

「たぶん紐がからまってなあ。ほら、こん紐じゃ」

年配の人夫は、天秤の先で、砂鉄の入った灯油罐を突ついた。その罐の口のところに、麻のロープが結びつけてあった。

「こん紐が……」

母も明も、納得がいかなかった。

「ほうら、こげんして運んでな」

小柄で剽軽《ひょうきん》な感じの人夫が、空の天秤を肩にかついで、両手を前後に伸ばし、ぶらぶら揺れるロープを、しっかり握りしめる身ぶりをした。あ、と明は思った。おそらく、そうやって砂鉄を運んでいくとき風で重心がぐらつき、渡し板から足を踏みはずしたのだろう。その瞬間、罐を吊るすロープが、手か、足に絡まり、砂鉄の重みでそのまま海底へ引きずり込まれていったのに違いない。

「じゃあ、豊さん、もう浮いてこんとな?」

「いや、もしかすっと船底かもしれん」

「えっ、船底?」

「ああ、船ん底にはりついとるかもしれん。水ん中で豊が暴れて、もし、紐がはずれたなら……」

「…………」母はおびえたように、肥った二重顎をひいてうなずいた。そして波間をのぞき、目に映るものを吸い込むように立ちすくんだ。事の経緯《なりゆき》をはっきり呑みこんだようすだった。そうだ、この港町に住んでいる者なら、だれでも知っていることだ。船底には水の浮力がかかり、そこにはりついてしまうと決して体を引き剥がすことができないのだ。

大の男でさえ身動きできない怖ろしい力だった。子供のころ明は、仲間たちと、小さな伝馬舟の底を潜りぬけて、よく肝試《きも》しをした。危険な遊びだった。小舟ならまだしも、一尋《ひとひろ》以上の幅のある船底にはりつくと、九分九厘、命を落とすといわれていた。

「こん船、平底じゃなかと……?」

眉間に生ゴムのような皺をつくって、母はふり返った。

「さあ……」

船底など見たことがないと言いたげに、小柄な人夫が首をかしげた。

「平底なら、難儀なこつになっど」

船修理の鉄工所の長女に生まれた母は、船のことにはかなり詳しかった。もし母の言うとおり、この箱形の砂鉄船が平底の造りだとすれば、何倍もの、すさまじい浮力がかかるはずだ。

「ああ、平底じゃ」

年配の人夫が、悲しげに呟いた。

艫《とも》の方を見ると、弓なりに反った天秤がひとつ、水に漂っていた。きちがい豊の脂が沁みこんでいるのか、天秤は海水をはじき、黒くてらてら光っている。

一隻の伝馬舟が、渡し板をくぐりぬけていった。

漁師らしい老人が、その小舟から体を乗りだし、鏡箱をのぞきこんでいる。それは空っぽの台型の筒で、底辺にガラスが張ってあり、水中の魚や蛸をさがす道具だった。老人は鏡箱をのぞきこんだまま、ときおり手で合図した。すると三十歳ぐらいの漁師が櫓をこぎ、舟を移動させていく。

老人と反対側の舟べりに、制服の巡査が腰かけていた。老人が背中を丸め、さらに体を乗りだすと、小さな伝馬舟はぐらりと傾き、そのたびに巡査はあわてて腰を浮かし、舟のバランスを取りもどそうとした。

「おい、まだ見えんか？」岸から声が飛んだ。

「…………」老人は答えようともせず、じっと鏡箱をのぞきこんでいる。日焼けした背中が油をひいた鞣《なめ》し革のように光った。

「見えんじゃろなあ」

「ここはちょっと深すぎるけん……」

岸に群らがる人々は、声をひそめて囁き合っている。

「サルベージ船はいつ来っとな？」

「もう無電を打ったはずじゃが」

「遅かなあ」

「あん船は図体ばっか太うて、一〇ノットも出やせん」

「けど、ここはサルベージも潜れんじゃろ」

「うーん、どっか岩にひっかかっとればなあ……」

思いがけぬ方角から、ときおり風が突き上げてきた。火口壁にぶつかる風が、噴火湾のへりまで落ちこみ、あたりは風の吹きだまりになっていた。きちがい豊も、この風でぐらついたのだろう。

「そろそろ台風が来っど」

裸の男が風の気配を探るように、肌で聴き耳をたてた。

「台風か……」

人夫のひとりが、わけもなく半裸の筋肉をねじり、体を揉みほぐす仕種《しぐさ》をした。それから天秤を杖がわりにして、海をのぞきこんだ。海によくなじんでいないのか、水に怯える目つきだった。町の者じゃないな、と明は思った。たぶん近村の農夫が、二毛作の刈り入れ時まで日傭い仕事をしているのだろう。

南風が吹いていた。青空へ吸い込まれそうに高く舞いあがった鳶が、また宙に叩きつけられ、気流をつかもうと羽ばたいている。降ってくる光が、海にぶつかり、砂鉄船は波の照り返しにつつまれていた。鏡箱をのぞく老人は、水底ではなく、光源をのぞきこむ恰好だった。光の縞目がたえまなく揺れ、舟べりや、老人の硬い筋肉をさすっている。

岬は長い腕を伸ばし、光の体積を抱えこんでいた。湾の水面は金盥《かなだらい》のようにきらめき、火口壁の影がおちているあたりだけ、水の色を肉眼で見ることができた。直径二キロほどの、このカルデラ湾は、いまでも海底温泉が湧きだし、太古の噴火口までいったいどのくらいの深さなのか見当がつかないと言われている。港にはサルベージ船の会社もあり、ここを根拠地にして沿岸の引き上げ作業をやっているのだが、専門の潜水夫でさえ最深部までは潜ることができず、戦時中に撃沈された駆逐艦が、まだ白骨をかかえたまま海底に沈んでいるという。

明の立っている埠頭は、海中へはりだした火口壁の岩棚を埋めたてた所だった。光は、二尋《ふたひろ》ぐらいの深さまで射し込み、そのさきで急速に輝きを失い、青緑の水底へひっそり吸い込まれていた。豊は、砂鉄の錘《おもり》につながれたまま、この暗い水中に直立し、静かに白骨化していくのだろうか。

……きちがい豊《とよ》は、漁師町のはずれに老母と二人だけで暮していた。その家は、半端な木切れや、海辺の流木を組み立てた粗末な小屋で、屋根はトタンや板きれで覆われていた。だが敷地は広く、さまざまな果樹が生え、ぐるりと石垣に囲まれていた。それは豊が独力で築いた石垣で、火山岩の切り石や、海辺の丸石や、火山灰と泥の固まった黄色っぽい凝灰岩や、いろいろな種類の石がセメントも使わず、巧みに積みあげてあった。ほかの家々の石垣よりも高く、厚みがあり、どっしりして古代の砦めいた感じだった。

明は、その石垣が好きだった。日当りのよい南側には、おびただしい蜥蜴《とかげ》がはりつき、緑いろの頭を太陽へ向けて、じっと日光浴していた。小石を投げると、その群れは緑のさざ波をたてて退き、石垣の隙間へいっせいに消えていった。時には小石が命中し、ちぎれた尻尾だけが乾いた土の上でピクピク痙攣した。蜥蜴の血はちょっと染みをつけるだけで、すぐに蒸発していった。

石垣のなかでは、柘榴《ざくろ》、枇杷《びわ》、無花果《いちじく》、李《すもも》、この九州南部だけで実るボンタンなど、さまざまな果樹がその季節ごとに実をつけていた。ボンタンの実は、人の頭ぐらいの大きさで、深々と枝を撓め、熟れるにつれ黄金色に輝き、いまにも太陽の光を引火し、爆発してしまいそうに見えた。明は、そのボンタンの実にいつも心をひかれていた。きちがい豊が夕暮れのなかを素っ裸でひた走るように、その黄金色の実も、不思議な謎を秘めている気がしてならなかった。

蛇の巣があるという石垣をよじ登り、明はよく無花果の実をもぎ取って口に入れた。果実らしい潤いはなく、ざらざらした粒子が舌に残り、果肉の、肉そのものを食べている気がした。柘榴の実は、あまりの酸っぱさで舌を痺れさせた。しばらく口をきくのも億劫で、決して食べるなと禁じられている蛇苺の実を食べたような、えたいの知れぬ不安がいつまでも憑きまとった。

石垣から入口をのぞきこむと、小屋のなかには薄暗い土間があり、その真中に、井戸があった。きちがい豊は、その井戸を異様なほど大切にしており、決して他人の手に触れさせなかった。人の話によると、その井戸を守るために、板きれや流木をひろい集めて小屋を増築し、家屋のなかに井戸を取り込んだのだという。陽が射さぬせいか、井戸の囲み石には苔が生え、釣瓶《つるべ》のロープはまっすぐ地の底へ垂れさがっていた。

ボンタンの実が黄金色に輝くころになると、きちがい豊の老母がよく日光浴していた。光が、筵よりもささくれた畳を照らし、老母はひとり坐っていた。乾燥しきって縮んだような、とても小さな老婆だった。手足は樹皮の枯れた小枝そっくりで、脂気のない顔は、古い木像をおもわせた。いま、目の前でふっと息をとめ、そのまま自然死しても、なんの不思議もない感じだった。老婆は、石垣にはりついた蜥蜴とまったく同じ光を浴び、蜥蜴たちと同じ時間のなかにひっそり坐っていた……。ボンタンの実だけが、つややかに輝き、内部の生命を大きく膨らませていた。その樹は、小屋の入口近くにあり、あまりにも実が大きすぎて、とうてい手を出す勇気が湧かなかった。明は蜥蜴たちに小石をぶつけながら、その黄金色の実をいつも遠くから物欲しげに眺めていた。

　そうしたある日、石垣に登り、熟れた柘榴に手を伸ばしかけたとき、きちがい豊がひょっこり小屋から出てきた。目が合った。豊の視線は、すぐに明を貫き、ずっと遠くの方へひんやり沁みこんでいった。なにを見ているのか、ふり返って確かめたい気がした。きちがい豊はまったく表情を変えず、冴々と澄みきった目を見ひらいていた。そして、なにか忘れ物でもしたように、また小屋の中へひっこんでいった。素足だった。明は逃げるべきかどうか迷いながら、なんとなく立ち止まっていた。石垣の隙間には、蜥蜴たちの小さな頭がちらちらのぞいていた。

　突然、鎌をふり上げ、豊が飛び出してきた。足音もたてず、その目はまさに氷のかけらだった。明は、びっくりして逃げ出した。きちがい豊は鎌をふりかざし、無言のまま追いかけてきた。

一息ついてふり返ると、豊はまだ追いかけてくる。明は、無我夢中で走りつづけた。漁師町をぬけ、アコウ樹の見える道を突きぬけ、繁華街や、遊廓のあたりを駆けぬけていった。小さな路地から、きちがい豊がぬっと右回りに現われてきそうな気がする。ようやく家のなかに駆けこんでも、まだ恐怖は消えなかった。

明は口をつぐみ、母のそばで震えつづけた。その夜、布団にもぐりこんだまま、いつまでも寝つけなかった。眠りこむと、夢の向こう側にきちがい豊が先回りして、鋭く光る鎌をふりあげ、じっと待ち伏せしているような恐ろしさがあった。

そんなことがあってから、素っ裸で走る豊に出くわすと、明はおろおろして道の端へ退くようになった。だがきちがい豊はまったく無関心で、目もくれず、そばを走りぬけていった。明は身を硬くしながら、影とみまがう黒い背中を見つめていた。真青な夕闇が水のいろにひろがり、きちがい豊の素足の音だけが、ひたひた遠ざかってゆく。それに耳を澄ましていると、この町が、この土地が、世界の涯まで地つづきであるような寂しい気分になるのだった。

そんな漠然とした不安が具体化したのは、中学生になり、柔道の稽古に明け暮れているころだった。

火口壁の外輪部をきり拓いたところに、校舎があった。熔岩の露出した火山灰地が、野生の蘇鉄をへりに乗せて海へなだれ込んでいた。その遠くの、人気《ひとけ》のない海辺からときどき煙のたち昇ることがあった。

きちがい豊が死人を焼いているという噂だった。この辺鄙な岬の町にはもともと火葬場がなく、土葬するのがふつうだった。墓地をもっていない他所者が死んだときだけ、開聞《かいもん》の火葬場へトラックで運ぶのだ。霊柩車など見たこともなかった……。きちがい豊が焼いているのは、女郎らしい、と同じ柔道部員である飲屋の伜が言った。遊廓の女将がトラックを傭ったり、焼場に払ったりする金を惜しみ、わずかな手間賃できちがい豊に焼かせているのだという。たしかに遊廓で首吊りがあったとか、病気の女郎が入水自殺したとか、そんな騒ぎのあとにきまって煙がたち昇るのだった。

ある日、上級生のひとりが、あの煙のところまで行ってみようかと言いだした。

「おう、肝《きも》試しじゃ」

柔道着にいつも干魚の匂いを染みつかせている主将が、下級生をいびるように笑った。

生毛の、うす青い口髭が生えていた。

明は虚勢をはり、ゴム草履をつっかけて上級生たちと歩いていった。蘇鉄の自生地がつづき、羊歯によく似たやわらかい若葉が日にふるえていた。蛇苺の実が赤く地べたに吹きこぼれ、生き物の、皮膚を踏みつけている気がした。夏草の繁みにリヤカーがあった。きちがい豊が、鰹節をつくる納屋に雇われ、賃仕事の薪割りをするとき使うリヤカーだ。

煙の、黒い柱が太くなってきた。船火事のようだと明は思った。浜へ降りた。満潮が運んできて置去りにしていった軽石が、いちめん白骨のかけらのように散らばっている。波打際の平な熔岩に、火が立っていた。

きちがい豊が火のなかに太い竹竿を突っこみ、黒い塊りを焼いていた。駝鳥の卵のようなものが炎からのぞいている。頭蓋だった。皮や肉の薄い部分がさきに焼けて、まるい骨だけ露出しているのだ。きちがい豊は、井桁に組んだ薪を、竹竿で起こし、まだ黒焦げの肉のついている手足を突ついたりして火の通りをよくしていた。脂肪が溶けだし、油滴のようにパチパチッと爆《は》ぜた。海鳴りが耳にこもった。炎は、女の死体を舐めまわし、むしゃぶり、そこに在る世界の一角を食べているように見えた。

「なんじゃ、女陰《ほと》も見えん」

にきびの膿んだ主将が強がりを言った。

明は「しっ」と黙らせた。見つかると、きちがい豊が先の焦げたあの竹竿をふりあげ、無言で追いかけてくる気がしてならなかった……。

明は、きちがい豊にわけのわからぬ畏怖感を抱くようになった。それは祖母の家に出入りする祈禱師にたいする畏怖と、どことなく似通っていた。

時おり、女郎とつるんで歩く船員たちが、素っ裸で走る豊をみて、大声で嘲うことがあった。女郎たちもその黒々とした男根を指さし、なまめかしく腰をゆさぶり、けたたましく笑い囃した。すると、ふだん豊に無関心な町の人たちまで、戸惑いがちに、あいまいなつくり笑いを浮かべるのだった。秘密の座敷牢でものぞかれてしまったような、ひどく陰湿な笑いだった。そんな光景を見るたびに、明はわけもわからず町の人たちを憎んだ……。


きちがい豊《とよ》は、まだ水中に沈んでいた。

噂が町中にひろがったらしく、人々がひっきりなしに押しかけてきた。オートバイに相乗りしてくる高校生もいれば、土建屋のトラックに便乗してくる人たちもいる。この港町では、人の溺死などかくべつ珍しくもないというのに、みんな異様に昂奮し、トラックの荷台から跳びおりるなり、まっすぐ埠頭へ駆けつけて海をのぞきこんだ。明は、人垣から頭ひとつ突きだしている大男に気づき、

「おい、鮫島!」

と声をかけた。対抗試合のたびに先鋒をつとめていた男だった。

「えっ……おう、お前かあ」

鮫島はにやっと照れ笑いして、いまどこにいるんだ、何やってるんだと無遠慮に訊いた。東京でサラリーマンをやっている、と明は答えた。鮫島は家業の網元を継ぎ、船頭見習いの恰好で自分も船に乗っているといった。いかつい赭ら顔に無精髭を生やし、十も年上に見えた。この春、新造船の進水式を挙げたばかりで、最初の航海はさんざんな不漁だったが、夏に入ってからは順調だという。

「ここでよう泳いだがなあ」

鮫島は、油の浮いている青緑の水をのぞきこんだ。

火口壁の影が岸に落ちかかり、箱形の砂鉄船を乗りこえ、じりじり海の方へ延びていった。

母は太い猪首を前に突きだして、顔みしりの人たちと話しこんでいた。どうして豊が海に沈んだのか、天秤をかつぐ恰好をして、見えない麻紐をしきりに指さし、さっき聞いたことを熱っぽく受け売りしている。人々はうろうろと往き交い、海をのぞき、小声で囁くかと思うと、昂ぶった声でしきりに罵りあった。

母は喋り疲れたのか、砂鉄置場の材木に腰をおろし、

「煙草くれんね」と明に言った。

「えっ、煙草吸うと？」

「うん、四、五んちに一本ぐらい」

母は指の腹で煙草をつまみ、魚の行商でもするおばさんのように、吸口をべっとり濡らしながら煙をむさぼった。

「明は、豊《とよ》さんと口きいたこつがあっと？」

「さあ……」明は首をひねった。

「…………」

「母さんは？」

「一度《いっど》だけね、ほら、ずっと前、父さんがよう家をあけたろ……。あのころ、太か台風が

きて、庭ん木が倒れたの憶えとらんね。父さんはぜんぜん家のこと構《かも》うてくれんし、明が学校にいったあと、うちがひとりで片づけておったと。そしたら、豊さんが見とった」

母は下唇を突きだして、煙を吐きながら語った。垣根の外から、きちがい豊がじっと見つめていたのだという。「豊さん、手伝うてくれんね」と言うと、いつもの目つきで突っ立っている。母は手間賃の相場がわからず「百円でいけんね？」と訊いた。すると、きちがい豊はうなずき、台風で垣根の壊れたところから入り、黙々と働きはじめた。几帳面すぎるぐらいの働きぶりだった。三時に茶菓子を出すと、「おおきに」と、お茶だけ飲み、菓子はポケットにしまいこんだ。そして夕暮れが近づくと、急に仕事ぶりがぞんざいになり、掌を出して百円をせがみ、そそくさと帰っていったという。

また、こんなこともあった。……南海楼という遊廓で、女がひとり首を吊った。その死体を雨戸に乗せて、トラックに積み込もうとしている時だった。そろそろ商売はじめの時刻で、遣り手の女将は急いでいた。一刻も早く死体をかたづけ、門口に塩をまきたがっていたのだ。すると、ほかの女郎たちが「まだ、お経もあげとらんのに」と口々に不平をとなえはじめた。野次馬たちも、それに加勢し、「ごうつく婆あ！」と罵った。女将は口汚くやり返し、ひと掴みの塩を投げつけた。死んだ女を雨戸ごとトラックに乗せていた地廻りたちが、あわてて仲裁に割りこんだ。大騒ぎになった。そのとき素っ裸のきちがい豊が通りにあらわれ、いつものように無言で走りぬけていった。人々はその後姿を見送り、毒気をぬかれたように呆然としていたという。

「初めて見たときは、うちもたまげたよ」

まだ羞《はにか》みのあった若い時分を思いだすように、母は微笑んだ。

「いつ？」

「満州から引揚げてきた、そん時よ」

母は、岬の方をふり向いた。サルベージ船のあらわれる気配はなく、水平線には光が満ちていた。母はとっくに火の消えた煙草を砂鉄に押しつけ、また語りつづけた。

戦争が終り、父がシベリアの収容所に囚われている頃、母はぼろぼろのリュックを背負い、乳呑子の明を胸にしばりつけ、屎尿を入れるバケツをぶらさげ、引揚船に乗って帰ってきた。そして倒れこむように生家に辿りつき、なにをする気力もなく、ただ布団によこたわっていた。縁側の向こうで、海が光っていた。

素っ裸のきちがい豊が、海岸通りを走りぬけていったとき、母はおかしな夢をみている気分だったという。次の日も、奇妙な男は金玉をぶらぶらさせて走りぬけた。満州からの苦しい旅で腑ぬけのようになっていた母は、日本は戦争に負けてまだ物資がなく、着る物もない人がいるのかと訝《いぶか》ったりもした。だが夕暮れがきて、きちがい豊があらわれると、母はいつのまにか、こらえきれず笑い出すようになったという……。

伝馬舟の老人は、鞣《なめ》し革のような背中をまるめ、じっと鏡箱をのぞきこんでいる。時間は地上を流れず、まっすぐ噴火湾の底へ降りていった。

五時半ごろ、ようやく岬の方にサルベージ船が現われた。

砂鉄船よりも平たく、巨きな筏のような船だった。四角な甲板に鉄のクレーンがきり立ち、鉤のついた太いワイヤー・ロープが海面すれすれに垂れさがっていた。小回りのきく給油船や、小型船は、その巨大な筏のまわりを迂回していく。サルベージ船は、青緑の水を押しわけ、押しわけ、鈍重に近づいてきた。舳とも横腹ともつかぬところに「天水丸」という文字が見えた。

「ああ、やっと来た……」

母は肚をすえた目つきで、立ち上った。

潜水服をきた男が二人、クレーンの台に腰かけていた。宇宙飛行士をおもわせる、ぶ厚い、橙いろのゴム服だった。二人は、その潜水服から首を突きだし、ものうげに煙草をくわえていた。ゴム服が大きすぎて、二人の顔は小さく縮んでみえた。すでに一仕事終えてきたらしく、脂気がなく、深い疲労がにじみ出している。

「……」岸辺の人々が声をひそめた。

サルベージ船は、四方の水に塞がれたようにゆっくり静止した。乗組員たちは、艫《とも》綱を投げ、鞴《ふいご》のような装置をいじり、ワイヤー・ロープを引いたり、忙しく立ち働いている。錆いろの操舵室から、責任者らしい男が出てきた。四十五、六歳ぐらいで、麦藁帽をかぶっていた。目鼻だちが大きく、ざっくばらんで、港の飲屋などで人気がありそうな男だった。

巡査を乗せた伝馬舟が、サルベージ船の方へ近づいていった。巡査は平らな舷をつかみ、なにか小声で喋りはじめた。麦藁帽の男は、体をのりだし、黙ってうなずいている。

伝馬舟の老人は、鏡箱から顔をあげて、じっと海面を眺めていた。忌わしいものに触れるような、海が穢れたのを悲しむような……、それとも水中の豊を思いやっているのか、とらえがたい表情だった。

「さあ、潜ってくれや」

麦藁帽の男が、二人の潜水夫に言った。陽気な口ぶりだが、どことなく二人の機嫌をうかがう気配があった。

「………」

潜水夫たちは顎をつきだし、火のついた煙草を、ぷっと海へ吹き飛ばした。それから、やれやれといった顔つきで、頭の倍ほどもある球型の潜水帽をかぶりはじめた。

甲板の作業員が、首の止め金をしめた。真鍮の潜水帽は、黄色くぴかぴかに光っていた。その頂から黒い管《くだ》が長くのびて、甲板でとぐろを巻いている。

潜水夫は、橙いろのゴム服に包まれた手で、その管をたぐり寄せ、月に上陸した宇宙飛行士めいた足どりで、甲板をよこぎり、舷から海へ斜めに吊るされた鉄の階段を降りていった。

「おおい、頼んだがあ！」

岸の人々が声をあげた。

潜水夫たちは、静かに沈んでいった。波紋がひろがり、その中心から白い泡が湧きあがってきた。空気を送る黒い管と、命綱のロープがぴんと張り、音もなく海へ引きずり込まれていく……。ようやく、潜水夫たちが水中で動きだしたらしく、黒い管がたるみ、水面に漂った。水中の管は静かにゆらめき、母船とつながる臍の緒を思わせた。

埠頭から、人々が体を乗りだした。

水面はまだら模様になり、ところどころ青空のかけらが燦めいている。ときおり黒い管が棒状になり、まっすぐ水中へ直降していく。その水底が世界の表側で、自分の立っているこちら側が世界の裏になっている気がした。人々は息をのみ、じっと水中を見つめている。

騒めきも静まり、サルベージ船の甲板から空気を送る機械の音だけが響きわたった。作業員たちは油だらけの軍手をはめ、命綱のロープを握りしめている。頭上には青空があり、気圧のように沈黙がのしかかってきた。

突然、真っ白な泡が水面に噴きこぼれた。泡はみるみる一つの塊りになり、膨らみ、間歇泉のかたちに盛りあがってきた。

サルベージ船の男たちが、全力でロープを手繰《たぐ》りはじめた。水面が割れ、黄色く光る真鍮が突きだしてきた。潜水夫たちは、立ち泳ぎのまま母船へ近づき、ぎこちない足どりで階段を昇りはじめた。二人とも完全に手ぶらだった。

作業員たちが、潜水帽の止め金をはずした。潜水夫の顔は、やはり脂気がなく、かさかさに黄ばんでいた。水のしずくがその顔に滴り、乾いた藁半紙に吸い込まれていくようだった。麦藁帽の男が、なにか尋ねかけた。三人は、しばらく小声で話しつづけた。

「おい、どげんしたとか？」

「豊を見っけたか？」

人々は、口々に叫びはじめた。

「…………」二人の潜水夫は、力なく首をふった。

「あんたら、船ん底を調べたとな？」

母が、焦れったそうに大声をあげた。

「船底にもおらん」

と、年嵩の潜水夫が言った。水圧で締めつけられたように、その声はひどく掠《かす》れていた。

「よう捜したとか？」

「ああ、よう調べたが、なんも見えん」

「もう一度潜ってみれ」

「どこも居らん、無駄なこつ」

「嘘じゃあ！」いきなり、ひび割れた声が飛んだ。「あんたら、探照灯も持たんでなんが見える！　船ん底は暗かはずじゃろ！」

どよめきが起こった。人々は声の主をふり向いた。厚化粧した六十近いおばさんだった。どっしり肥った体つきで、白粉を塗ってない浅黒い首に、筋《すじ》が立ち、怒りにふるえている。かつての遊廓区域にある小さなバーの経営主だった。

「あんたら、嘘ついちゃいかん！　もういっぺん潜って、よう捜さんな！」

「おばはん、かんにんしてや。もう朝から潜りっぱなしなんや。明日にしよう、な、明日に」

若い方の潜水夫が、聞きなれぬ訛で言った。

ときどき彼女の店に飲みにいくのか、場ちがいなほど狎《な》れなれしい態度だった。

「いや、もういっぺん潜らんな！」

「おばはん、本当にへとへとなんや。な、明日やるよ」

「あんたも男じゃろ」

「けどなあ、どっちみちもう助からん」

「なんてこつ言うとな！　豊さんが憐れじゃろ、あんたら、そう思わんな」

厚化粧のおばさんは、忍耐強く言った。

「そうじゃ、豊さんに酷《むご》かろう」

「魚に食われてしもうが！」

岸辺から声が奔《はし》った。だれかが、鉄パイプでベルトコンベアの金具を打ち鳴らした。

二人の潜水夫はぐったりして、クレーンの台にへたり込んだ。二人とも顔が黄色く縮んでいた。麦藁帽の男が、そっと言葉を交わし、うなずいてから岸の方へ向き直った。

「みんな、聞いてくれや。こいつらなあ、今日、坊の津へいって廃船ば引き上げてなあ、一日《いちんち》潜りっぱなししなんじゃ。もう、潜れんと言うとる。潜水病が怖ろしか」

「潜れ、潜れえ！」

「そうじゃ潜らんか、人でなし！」

「馬鹿野郎！」麦藁帽の男が、かっと顔を赫らめた。

「お前ら、船ん底を見たこつがあっとか？　びっしりフジツボがついて、ギザギザの刃物んごつなっとる。ゴム管など、ぶつっと切れてしもうが、そしたらお陀仏じゃ。船ん底は怖ろしか、お前ら、よう知っとるじゃろう」

二人の潜水夫は、厚い皮をめくる手つきで橙いろのゴム服を脱ぎはじめた。その胴体も黄ばんでおり、脇腹や、太腿のあたりに、いちめん鳥肌がたっていた。

「おい、どうした、もう止めかあ」

「早よう潜れえ！」

「な、こいじゃ豊さん浮かばれんよ！」

母は顔を突きだして叫《おら》び、両手で打消す身ぶりをした。と同時に、肥った二重顎をひき、痛そうに左の脇をおさえた。癌の手術で左の乳房を切除されたあと、肉がひきつっているのだ。

「…………」潜水夫たちはひるみ、ちらりと麦藁帽の男をふり向いた。そして目で同意を得たらしく、開き直った態度でついにゴム服を脱ぎすてた。二人とも筋肉質の体つきだが、鳥肌のせいか、毛を毟《むし》ったあとの生き物に似ており、肩や腿の肉は、どことなく骨つきの鶏肉をおもわせた。

「どっちみち、もう助からん。おい、聞こえたか？　泡食ろうて揚《あ》げることもなかろ、もう間違いのう死んどる」

若い方の潜水夫が、パンツ一枚のままヒステリックに言った。

「へっ、意気地なしがあ！」

「おい、金玉を見せてみろ、ちゃんとついとるか？」

「なにい、もう一度言うてみい！」

「おう、何度でも言うたる。金玉ついとるんかあ」

「この野郎！」

若い潜水夫は、目を剝《む》いていきり立った。

いきなり警笛の音が起こった。オートバイで乗りつけてきた高校生が、けたたましくクラクションを鳴らしている。

「うるさい！　黙れ！」

麦藁帽の男が怒鳴り、早くいけ、と潜水夫たちに合図した。

若い潜水夫が、かっと唾を吐いた。疲れているせいか、唾液はねばねばした糸をひき、口から海へぶらさがった。二人は、パンツ一枚の姿で操舵室へ消えていった。

「こらあ、女《おなご》ん腐《けさ》れめがあ！」

不意に、小石が飛び、操舵室の屋根にぶつかった。二つめの石が命中して、入口のガラスが割れた。

「ぶっ殺したろうか、この野郎！」

麦藁帽の男が、凄みをきかせて威嚇した。が、その声とは裏腹に、この場をどう切りぬけたらいいか、困惑を隠しきれぬ表情だった。

「船を出せえ、船を出せばよか」

と、厚化粧のおばさんが言った。

「えっ、船ば……」

「波に押されて出てくっが」

おばさんは砂鉄船を押しやる身ぶりで、大声をあげた。酒焼けして、首全体にひびが入っているようながらがら声だ。

「だけん、船ん底かどうかわからん」

「やってみらにゃ、わからんが」

「おばはん、船ん底を見たこつがなかろ、フジツボが刃物んごと尖っとる。豊がずたずたに裂けてしもうが」

「そいでも良か」

おばさんは確信をこめて言った。

「…………」麦藁帽の男は、判断を仰ぐ目つきで巡査の方をふり向いた。

「そうじゃ、船ば出せえ、おい、早ようせんか！」

また小石が飛び、空気を送る装置にぶつかり、撥《は》ねた。

上下に撓《しな》う渡し板を、いきなり一人の男が走りぬけた。さっきまで濡れた体を日に乾かしていた男だった。その男が、砂鉄船の船長らしい。

「巡査さん、まず、あんたが決めてくれ」

男は、砂鉄船の艫《とも》から身を乗りだし、つめ寄った。初めからこうなると予想していたのか、声に凜《りん》とした張りがあった。

巡査は途方にくれ、伝馬舟の上でおろおろ立往生している。鏡箱をのぞいていた老人は、青緑の水面を眺め、ひっそり、悲しげに瞋《いか》っていた。

厚化粧のおばさんは、じっと経緯《なりゆき》を見守っている。その浅黒い太い首は、飴いろの脂《やに》のたまったアコウ樹の幹をおもわせた。明は、憶えていた。このおばさんは、かつて「満天」の女郎だった。祖母の鉄工所が地価のおちる岬の先へ移転し、古びた黒い梁をふたたび組みたてる日、満天の主人が女郎衆をひき連れ、祝いに駆けつけたことがあった。そのとき、このおばさんは、かんな屑だらけの筵にきちんと正座して、三味線を弾き、陽気な声で「南風《はえ》や節」を歌ってくれた。

小石が飛び、また機関室の屋根で爆《は》ぜた。

地廻りふうの若い男が、革靴のかかとで荒々しく渡し板を踏み鳴らした。

「よおし、お前ら」と砂鉄船の男が叫《おら》んだ。「豊が上がってくれば良かたろう、どげん姿でもかまわんか、おばはん、本当にかまわんか？」

「ああ、かまわん」

厚化粧のおばさんが応えた。神《かん》さあにかけて絶対に正しい、という口ぶりだった。

「おう、請《う》けおうが！」

と、母も加勢した。

砂鉄船の男はうなずき、それでもまだ悲しげにためらっていた。そして、どっちみち豊はもう死んでいるのだから……と、自分に言い聞かす顔つきで、ゆっくり操舵室の方へ歩きだした。

「後ろ向きに出さにゃいかんよ、スクリューに捲っ込まれてしもうから。よかな、忘れちゃいかんよ」

また、酒焼けのがらがら声が飛んだ。

人夫たちが渡し板をはずし、艫綱《ともづな》を束ねて甲板へ放り投げた。

箱形の船体が、かすかに震えだした。鈍いエンジンの響きにつれて、黒い砂鉄が海へこぼれ落ちた。

岸辺の人々はおし黙り、船の吃水線を見つめている。ぼんやり口をあけている者もいれば、近視のように目を眇《すが》める者もいた。オートバイで乗りつけた高校生は、ベルトコンベアの台によじ登り、いらいら燥《かわ》いた目つきだった。

四角な艫《とも》の方から、砂鉄船は後ろ向きに動きだし、青緑の水を押しのけ、ゆっくり反転していった。スクリューが泡を捲きあげ、うねりが扇状にひろがった。エンジンの響きが火口壁にぶつかり、風と共鳴した。

明はひとつの光景を、心に準備した。真白な泡に、鮮血が走り、きちがい豊が浮き上ってくる光景を……。船底のフジツボで、全身をずたずたに裂かれ、熟れきった柘榴《ざくろ》のように赤い肉をむきだし、血を噴きながら現われてくる姿を。

箱形の船は身ぶるいしながら、水を押し分けていった。

海を掘りおこす畝《うね》のかたちに、むなしく航跡がのびていった。白い泡のなかで、船は行き場を失い、あてもなく漂っていた。

岸に、ため息が流れた。早々とあきらめ、岬の町へひき返す人たちもいた。相乗りしてきた二人の高校生は、どちらがオートバイを運転するかしきりにもめて、じゃんけんをはじめた。人垣から頭ひとつ突きでた鮫島が「じゃあな」と言った。十も年上にみえる赭ら顔に、つまらん時間潰しをしたといいたげな苦笑が泌みだしている。

「ああ、またな」

明は、ぼんやり応えた。引揚者の子、他所者の子である少年が、三十近い自分のなかにまだ棲みついている気がした。

「鰹が要《い》るなら、いつでも来てくれ、な、第二拓洋丸じゃ」

鮫島はトラックの窓に腕を突っこみ、気ぜわしくクラクションを鳴らした。岸の人群れがざわつき、七、八人が鱗の光る荷台へよじ登った。厚化粧のおばさんも、人々に手を引かれて這い上った。

「あんたら、もう帰っとね」

母は、歯がゆそうに舌打した。

トラックは走りだした。魚の血に染まった横腹に「有限会社サメジマ」という文字が見えた。

道は蹄の形に曲り、岬の海岸通りへつづいていた。魚市場がみえた。かつての遊廓の甍がそびえ、薬草園跡の森でゴムの樹や、アコウ樹がざわめいていた。

火口壁の影が町なみにのしかかり、日なたを侵すにつれて、ものの象《かたち》が溶けだし、輪廓がにじみ、どう名ざしてよいか分からぬ一つの塊りに変化していった。ひしめきあう家々、屋根、地形の起伏、黒々と膨らんだ森、それらすべてがたがいに癒着して、夕暮れの底に沈んでいる。

いつもなら、きちがい豊が裸で走りだす時刻だった。二十年前、明も、足もとの青い影が地べたに吸い込まれていく頃、アコウ樹の下から夕闇のなかへ飛びだし、なにかのはずみで世界の繋ぎ目がほどけて、家や、母のいる場所と、もう完全に連絡不能になっているような不安にかられたものだった。会社からアパートへ帰るとき、東京の雑踏を歩きながら、田舎に帰りたいと無性に思うこともあった。奥行へ戻りたかった。だがこの土地も、たった今、のっぺりしたただの田舎町になってしまった気がする。東京をひき払ったところで、もう逃げ帰る奥行はどこにもない。明は、父のことを思った。青年時代、満州へ渡り、シベリアから復員してきた後、異郷であるこの辺鄙な町にもう三十年近く住みついている。そして今でも、土地の方言を決して喋ろうとしない。そんな父の気持が、ようやく分かる気がした。

母は、切り取られた乳房のあとを右手でかばいながら、伝馬舟を見つめている。さっきの潜水夫たちが乗っていた。淦水《あか》がたまっているのか、革靴を両手にぶらさげている。若い方の潜水夫は、椰子の絵柄のアロハ・シャツを着て、肩をおとし、水面を眺めていた。母は、その後姿を見つめている。がむしゃらな目つきだった。大陸の植民地から引揚げてきたとき、痩せこけて、髪をふり乱し、獣じみた眼をぎらぎらさせていたという姿が、ふっと胸を突いた。

「ごくろうさん」

筏に似たサルベージ船の上から、麦藁帽の男が言った。

日傭いの人夫たちは、気ぬけした目で遠くの砂鉄船を追っていた。とっくに一日の仕事の終る時刻だった。

「日当《にっとう》はどげんなろうか」

天秤を杖がわりに立っている人夫が、ぽつんと言った。

「半日しか働いとらんしなあ……」

「そら、ちゃんと貰わな」

母がふり返り、いつものおせっかいを焼いた。

「あんたらのせいじゃなかろう、な、今日の取り分、ちゃんと貰わないかんよ。なんなら掛けおうてやろうか」

「…………」人夫たちは困惑したように照れ笑いした。

伝馬舟の老人は背中をまるめ、まだ鏡箱をのぞきこんでいる。麦藁帽の男が飛び乗り、老人と代って、鏡箱の覗き口に赤銅《あかがね》いろの顔を押しつけた。

「まだ見えんとな?」

母が粘り強く言った。だれも答えない。

「なあ、豊さんは見えんと?」

「…………」老人がこちらの岸をふり向き、ずれた焦点を合わすように目をこすった。そして筋《すじ》の立った首を、左右にふった。

馬蹄形の空がひろがっていた。透きとおった群青色の淵が口をひらき、巨大な孔《あな》の底にいるようだ。

麦藁帽の男は、いつまでも水中をのぞいている。見えるはずがない。明はそう思った。この噴火湾は測り知れぬ深さだというのに、水の透明度は二尋《ふたひろ》がせいぜいだろう。まして日が沈むと、海の底からさきに暗くなっていくはずだ……。他所者の子であった頃の記憶が、そこに沈んでいる気がした。ふっと笑いたくなった。昔、女郎たちが素っ裸の豊を指さし、腰をくねらせて笑いこけたように、げらげら声をあげて笑いたかった。さようなら、豊《とよ》。明は呟いた。さようなら、きちがい豊。あの青い白眼を魚に突つかれ、肉を毟《むし》られ、清らかな白骨となり、いつまでもこの噴火湾に沈んでいるがいい。

　岬の向こうで、外海がうねっていた。水平線には入道雲が湧き立ち、巨大な記念碑のように、西陽に照らされている。光はしだいに橙いろを帯び、その雲の塊りを炙りながら、空の奥へ吸い込まれていく。

　南風が火口壁の内部にこもり、共鳴音をたてていた。ところどころ湾の水がたぎり、海底温泉の湯気を吐きだしている。海は金盥《かなだらい》の水のように盛りあがり、いまにも動きだしそうな引潮の気配を秘めている。きちがい豊は、いま砂鉄の錘につながれたまま、この水底に直立しているだろう。太古の噴火口は、生贄をのみ込み、どろりと暗緑色に静まり返っていた。


　そろそろ盂蘭盆《うらぼん》の終りだった。つい三日前、海辺の墓地で母方の一族と踊ったことがもう嘘のようだ。死者たちの気配もいつのまにか地上からしめだされ月蝕のように消えていった。今日も南風が吹き、岬の向こうに積乱雲が湧きたっている。

　砂鉄の採集船が出航したあとに、サルベージ船が横づけになり、きちがい豊の水死体をさがしていた。昨日より大勢の見物人がむらがり、潜水夫の動きを追っている。母はめずらしく煙草とマッチを手にして、朝から埠頭に陣取っていた。

明は、造船所の方へぶらぶら歩いていった。噴火湾の底まで沈んだ以上、もう見つかるはずがない……。

外海が荒れているのか、おびただしい船が湾にひしめいていた。客船。トロール船。ボルネオの毒蛇が潜んでいたという木材船。大漁旗のかわりに、色とりどりの洗濯物をひるがえす鰹船。

漁師たちが陸《おか》にあふれ、所在なげにうろついていた。火口壁の真下にそって一列に軒をならべる飲屋や、簡易食堂が、朝から店をひらいていた。地元の漁師たちは縄のれんの店にたむろし、たまたま海が荒れて寄港してきた船員たちは、ペンキを塗りたくったバーに押しかけている。どの店も騒々しく、男たちの声は燥《かわ》いていた。

共同水道に、素っ裸の男たちが群らがっていた。露天風呂のような囲い石があり、いつもは洗濯したり、船の炊事番が米をといだりする場所だった。男たちは体中に石けんの泡をぬりたくり、ふざけながら水道の蛇口を奪い合い、通りがかりの女に口笛を吹いて、男根についた泡をぬぐい取ってみせたりする。

造船所の空地に、裏返しになった伝馬舟や、小屋ぐらいの巨きな生簀がいくつも乾してあった。海に涵《ひた》し、撒餌《まきえ》の小魚を飼うためのものだ。こびりついた鱗が、陽を撥ねている。竹の編目から光線が射し、その縞目のなかに、漁師たちが十二、三人しゃがみこんでいた。行商人が店びらきしているのだろうか。蛇遣いが、毒蛇を腕に咬みつかせながら怪しげな強精剤を売っているのかもしれない。いや、もしかすると、トロール船が戦時中の魚雷でも引き上げたのかもしれない。明は駆け寄り、人垣の中をのぞきこんだ。

二匹の犬が、夏草の上で交尾していた。

痩せた牡犬が、雌の背中に乗りかかっている。どちらも雑種だった。どうやら雌犬が膣痙攣を起こしたらしく、二匹は番《つが》ったまま、筋肉をふるわせ、けんめいに体をもぎ離そうとしている。

「気ばれ、気ばれ!」

と漁師たちが激励した。からかっているのではなく、妙に温かい口ぶりだった。

二匹はおびえた目で漁師たちをうかがい、きょろきょろ逃げ場をさがしている。雌犬が、生簀の方へ逃げだそうとした。すると牡犬は痛々しく呻き、中腰のまま、ずるずる引きずられていった。下腹の毛はまばらで、薄桃色のやわらかい皮が露出していた。陽根が、雌犬の股間へねじ込まれている。その突起した肉も、内側へめくれこんだ肉も、もう区別がつかぬほどぴったり癒着して、深海魚の口から飛びだしてくる潰れた内臓のように、赤く、どろりと光っていた。

「よう外れんもんじゃなあ」

漁師のひとりが照れ笑いしながら、感嘆した。男たちは苦笑いし、黙ってうなずいている。不思議だった。いつもなら交尾中の犬にバケツの水をぶちまけたり、痩せこけた尻を蹴とばしたりして笑いころげるのに、漁師たちは妙に沈んでいた。

中年の漁師が、黙って腕組みしている。その腕に、刺青の鷲がとまり、太い筋肉の束をつかんでいた。外地の港で彫ったらしく、電気針の刺青だった。

「もう、豊《とよ》は上がったろうか」

小柄な漁師がふっと呟いた。

「まず上がらんな、サルベージの連中も必死じゃろうが……」
二、三人が目のはしで、埠頭の人だかりや青緑の水面を眺めやった。海の穢れたのを忌むように、目のいろが曇っていた。
「早よう上げて焼かなならん」

「いや、今日は焼けんぞ」

と、刺青のある漁師が言った。

「なんで？」

「今日は、たしか友引ん日じゃろう」

「ああ……」

男たちは納得して、また黙りこんだ。

二匹の犬は番《つが》ったまま、右へ左へ、ちぐはぐに動き、そのたび惨めな悲鳴をあげた。ついに雌が裂傷をおこしたらしく、赤い血の糸がすっと内腿をつたい、どくどくっと太くなった。夏草が染まった。

漁師たちは身じろぎもせず、流れる血を見つめている。草をちぎり噛みしめる男もいた。ただ眺めているのではなく、男たちは瞑想するような静けさを感じさせた。

上機嫌の歌声が聞こえた。ふり向くと十人近い船員たちが、ぞろぞろ連れだって歩いてくる。ひと目で他所者とわかる派手な身なりだった。酔っていた。

船員たちは充血した目で、頭越しにのぞきこみ、

「なんだ、犬じゃねえか」

と拍子ぬけしたように言った。

「へえ、こんなもんが珍しいのか」

「おれは、雌なら犬でもいいからやりてえよ！」

サングラスをかけた船員が、剽軽に腰をふった。わっと狎れあうような笑いが湧いた。

「ようし、見てろ」

船員の一人が小石を拾い、犬を目がけ、力まかせに投げつけた。

雌犬が悲鳴をあげ、はじけるように跳びあがった。その反動で、背中にのしかかる牡犬も宙へ跳んだ。

崩れおちる瞬間、牡の前足が、背中からはずれた。だが赤い肉塊はぴったり癒着したまま、痩せこけた尻を、後ろ向きにつき合わせている。発作的に、二匹は逆方向へ逃げだそうとした。雌犬が引きずられ、恐ろしい金切声をあげた。

いきなり次の小石が飛び、牡犬の腰に命中した。二匹は狂ったように跳ね、やみくもに引きずり合った。

「おい、やめんか！」と漁師が言った。

「水だ、水だ！」

サングラスの船員が駆けだし、共同水道から太いゴム・ホースを引きずってきた。水揚げのあと、魚の血を海へ洗い流すホースだった。

「さあ、どけ、どけえ！」

船員は、地元の漁師たちを押しのけ、笑いながら水を飛ばしはじめた。水圧が強く、一直線に迸《ほとばし》った。その水に直撃され、二匹は横倒しに転がった。

ずぶ濡れの短毛が皮にはりつき、肋《あばら》や、骨格のかたちが透けて見えた。背骨の突起、奇妙な形の骨盤もくっきり浮きあがった。その骨盤のすぐ下から、内臓がはみだしたように血まみれの肉塊がのぞいている。二匹は水に打たれるまま、もう逃げようともせず、痩せた尻をつき合わせ、骨盤をぶつけながら、虚ろな目でぶるぶる震えつづけた。

「こら、いいかげんにせんか！」

刺青のある漁師が、いきなりホースを奪い取ろうとした。二人はホースを摑み、しばらく揉みあった。四方へ水が奔《はし》り、まわりの男たちも、明も、ずぶ濡れになった。

「この野郎！」

酔った船員たちがつかみかかった。刺青の漁師はたちまち殴り倒され、夏草の上に這いつくばった。その背中を、船員たちは容赦なく蹴りつけた。地元の漁師たちがいっせいに飛びかかった。

勢いあまった船員が、急に、目の前に飛び出してきた。明は、反射的に殴りつけた。頬に当った。船員はあっけなくへたりこんだ。明は無我夢中で、その脇腹を蹴った。船底で働く機関士なのか、日に焼けず、肌の白い男だった。

突然、横ざまに拳が飛んできて、顔の骨にがつんと痛みがきた。こめかみが罅《ひび》われ、そこから光が入ったように目が眩んだ。向き直ろうとする瞬間、狙いすましたように鳩尾《みぞおち》をやられた。明は、かっとして拳を振った。空振りだった。男はわけなくよけて、また鳩尾を突いた。喧嘩慣れした鮮かな手ぎわだった。明は夏草の上に尻もちをついた。焼酎が腹に沁みるように、熱い鈍痛がひろがってくる。腸《はらわた》が潰れてしまったようだ。だれかが肩口に倒れこんできた。もう身動きもできなかった。

たちまち野次馬が群らがってきた。共同水道の方から、泡だらけの男たちが走ってきた。素っ裸だ。火口壁の下に軒をならべる飲屋からも、生酔《なま》いの男たちが飛び出してきた。

「金ば払えー!」

女たちが金切声をあげて追いかけてくる。

きちがい豊の引揚げ作業をみていた野次馬たちが、いっせいに駆けつけてきて「やれえ、ぶっ殺せえ！」と騒ぎを煽りたてた。いたたまれず、真っただ中に突っこんでくる連中もいる。騒ぎはみるみる膨れあがり、だれが敵とも味方ともわからず、めちゃくちゃに殴り合っている。仲裁に割りこんできた男は、たちまち殴り倒され、かっと逆上し、火山岩のかけらを摑んで起ち上った。鼻血が吹きだし、悪鬼の形相で喚きたてる男がいる。乱闘に捲きこまれず、にやにや笑いながらホースの水を飛ばす男もいた。もう、だれもかれも水浸しだ。

草いきれの匂いが鼻をついた。熱く湿り、ひどく腥《なまぐさ》い……。起き上がろうとすると、緑の夏草がゆれ、眩暈《めまい》がした。光がとめどなく降り、水圧のようにのしかかってくる。ずっと昔、廃船の屋根から海へ飛びこみ、水面で頭を打ち、軽い脳震盪をおこしながら水中へ沈んでいったことが憶いだされた。あのとき息を切らし、頭上を仰ぐと、遠い水面が黄緑にきらめき、水中へ射してくる光線が見えた。円い光の塊りが、白くぼうっと輝いていた。きちがい豊も、砂鉄の重みで海底へぐんぐん引きずり込まれていくとき、顎を上げ、かっと目を瞠き、そんな光を見ていたのかもしれない。

二匹の犬は、姿をくらましていた。

男たちはまだ殴り合っている。明は腰をかがめ、共同水道の方へ歩いていった。顔を洗うと、目尻に水が沁みた。内出血したのか、右の拳が腫れかかっている。

岬の方に、銹《さび》いろの鉄工所が見えた。鳩尾をおさえながら、明は前のめりに歩きだした。腹のなかに不発弾のような痛みが埋もれていた。足もとから自分の影が這いだし、その影にゆらゆら曳きずられていく気がした。噴火湾にそって、道はとめどなく延び、鮮かな遠近法をえがき、風景をひき淩《さら》うように遠くへ窄《すぼ》まっていた。

鉄骨の給油塔が立っていた。水際に、色の狂った油の虹が浮かび、古い船着場があった。火口壁の切石で築いた石段が、廃墟のように水中へつづいている。腫れた拳を、冷たい海水に浸したかった。石段を降りていくと、船虫がいっせいに逃げまどった。

四歳のとき、明は、ここでひとりで遊んでいたことがあった……。

満ち潮の時刻で、海が盛りあがり、石段はほとんど水に沈み、あと二、三段残っているだけだった。陽に照りつけられて、石段は熱く灼けていた。明は掌をまるく窪め、つややかな飴色に光る船虫を、夢中になって追いかけていた。船虫は指さきをかすめ、す迅く逃げまどった。水ぎわへ逃げた虫は、吃水線のところまでくると、潮の満ちぐあいを測るようにぴくぴく触覚をふるわせた。青鯖の群れが泳いでいた。鱗のない青と銀のまだら模様が、水中で気味悪く光っている。

噴火湾の水は、金盥《かなだらい》の水のように脹らみ、ゆったり動いていた。潮の動きにつれて海水が流れこむのか、湾の口で海面が盛りあがり、ぐらぐら煮えるような動きをみせていた。岬の向こうには入道雲が湧きたち、日に炙られている。どのくらい時間が過ぎたのだろう。永く陽に当たりすぎて、軽い日射病にかかっているようだった。体の感覚が消えているのに、自分の影は、石段に黒く焦げついていた……。

「アキラ、アキラ！」

幻聴のように、いきなり自分の名前がきこえてきた。

その声は、青空や、噴火湾や、水や、火山岩や、あらゆるところから静かに泌みだしてくるようだった。ふり向くと、岸壁の上に人影が立っている。その人影は自転車をまたぎ、逆光の空へ伸びあがっていた。

本坊さんかな……と明は思った。太陽に炙られて、頭の中はがらんどうになっていた。人影は自転車をまたいだまま、身じろぎもしない。本坊さんのようであり、母方の叔父のようでもあった。

「赤子が生まれたぞー、女ん子《おなご》じゃあ」

その声は海風に押しもどされ、耳もとで蜂がうなるように振動した。

「…………」明はなにか言おうとした。だが、頬の肉や舌がこわばっていた。

「お前ん妹だぞお」

人影は、家の方角を指さした。そして両足を地から浮かせ、べつの方角へ走り去った。

明は立ち上がり、家へ向かって走りだした。道は白く乾き、踏みだす足の下から、先へ、先へ、とめどなく延びていった。すぐ目の前に、真青な空がのしかかり、青い水中へ飛びこんでいく気がした。押しつぶした船虫の臭いが、かすかに鼻をついた。

鰹を満載したトラックが、明を追い越していった。その荷台から、魚の血が滴り、道に黒い点線をひいていく。明はわけも分からず、やみくもに走りつづけた……。

明は思わず立ち止まった。三叉路だった。見回すと、黒褐色の火口壁がきり立ち、火口湖を包みこむような形に曲っている。大昔の地震のせいか、その火口壁が南東のあたりで一ヵ所だけ縦に割れ、楔《くさび》形の、狭い谷間をつくっていた。

三叉路から岐れていく道が、ゆるやかな坂道となり、蛇行しながら、その割れ目へ伸びあがっている。縞蛇の腹のように、気味悪い色の赤土が露出している。その坂道の伸びてゆく方角に不思議な力がみなぎり、吸い寄せられるような気がして、明は心をかき乱された。

それは甕割坂《かめわり》といい、伝説のある坂道だった。遙か南方から神々が黒潮に乗り、この土地に漂着したのだという。そこは火口壁の外輪部にひろがる熔岩の岸辺で、神々はもっと肥えた土地を求め、あの火口壁の割れ目を通りぬけて、坂道を降りてきた。そのとき、稲の種を入れて、たった一つたずさえてきた甕を手から落とし、こなごなに割ってしまったという。

その坂を見るたびに、決まって心に浮かぶ一つの記憶があった。小学校六年のとき、甕割坂の中腹で、二百体を超えるおびただしい人骨が発見されたのだ。千七百年ほど昔の、弥生時代の人骨だった。その古代人たちにとって、おそらくここは絶好の土地だったろう。火口壁が暴風をさえぎり、波のない静かな湾で魚が獲れ、冬も温暖で、温泉があり、清冽な真水も湧きだしている。

発掘がはじまった。女たちは東位に屈葬され、男たちは手足をのばし西位に横たわっていた。男の骨と同じ数の、鉄剣も発掘された。この地方の海岸が、砂鉄鉱の宝庫であったせいだろう。きちがい豊を噴火湾にひきずり込んだ、その砂鉄である……。学者たちは麦藁帽の紐をきちんと顎に結びつけて、蹲《うずくま》り、花壇いじりでもするように土を掻きだしていた。父兄会の人たちが運動会のとき使うテントを張り、にぎりめしや麦茶を準備していた。

明は、鼠いろをした流木のかけらのような人骨を見つめていた。

　高校生になってから、明は、県立博物館でそのときの人骨と再会した。それは、二百体を超える人骨のかけらから、原形をとどめる部分だけ寄せ集めて、接着剤で継ぎあわせ、たった一体の骨格に復元したものだった。おびただしい死者たちの集団が、たった一人の姿に収斂して、ガラス・ケースに横たわっていた。短身ではあるが、胴が短く、脛が長かった。その長い脛の骨は、ひどく扁平で、盛んに山野を跋渉した証拠だという。明はその骸骨をのぞきながら、生前一度も会ったことのない祖父のことを想った。

　坂道は赤土の腹をうねらせ、一尾の蛇のように火口壁の仄暗い割れ目へもぐりこんでいた。火口壁の向こうでしんと静まり返っている不思議な空間や、人攫《ひとさら》いの天狗が棲んでいるという嶽山を感じて、幼い明はわけもなく怯えたものだった。

　本坊さんに会いたい、と明は思った。あの嶽山に本坊さんが住んでいたころ、ただそこに一人の行者が居るというだけで、世界の要《かなめ》がしっかり固定しているような安らぎや、秩序があったような気がする。土地の人たちは、きちがい豊と本坊さんを「双子《たつご》きちがい」と呼んでいたが、漁船が漂流して音信不通になったり、家族に気のふれた者が出たりすると、きまって嶽山へ詣《もう》で、本坊さんに祈禱してもらうのだった。地鎮祭。不漁。旱魃《かんばつ》……。

あの戦後の貧しい一時期、この土地の空間はただ均質にひろがっているのではなく、嶽山を中心にして一つの同心円をえがいていたような気がする。その円のなかで人々が暮し、きちがい豊がどこかをひた走り、女郎たちが化粧の仕上げを急いでいた。そして本坊さんという一人の行者が、その要《かなめ》で、静かに世界を担っていると感じられることもあった……。

真っ盛りの夾竹桃の下に、重油の染みたトラックが止まった。助手席に、祖母と母が、窮屈そうに乗っていた。

柿色の丸首シャツを着た青年が、運転席からひょいと首をすくめ、羞みながら挨拶した。妹の縁談がすすんでいるという相手らしい。家業の給油船をひき継ぎ、最初の恋人とためらわず結婚して、そのまますっと父親になっていく、そんな感じの青年だった。やあ、と明はうなずいた。

「明、遊びに来んね、粽《ちまき》つくったんよ」

祖母が太い首を突きだし、笑いながら、櫓《ろ》でもこぐように手招きした。五月の節句だけでなく、彼岸の日も、盂蘭盆のときも、祖母はかならず太巻の粽をつくり、親戚中にくばる習わしだった。

「ほら、ほら」母がトラックから降り、青年を急かしながら祖母に言った。「早よう昼めしつくらんと、鉄工所の人ら腹へらしとるよ」

荷台のドラム罐が鳴り、トラックは走り去った。

母は朝の残りで焼飯をつくり、食べながら、サルベージ船の引揚げ作業のことを語った。潜水夫たちは面子《めんつ》があるせいか、必死に働いたという。だがいくら深く潜ろうとしても、空気を送るゴムの管が海底まで届かず、ついに昼めし時で打ち切ることになった。足にからみついた麻のロープがいつか腐って切れたとしても、そのころには豊さんも腐敗しているから、結局、水面に浮いてくることはないだろう、と母は言った。

「みんな腑ぬけんごつ呆《ぼ》うっとして、豊《とよ》さんのこつあれこれ言うとったよ」

「どんなふうに？」

「気がふれても金のことは案外しっかりして、ごまかしは効かんかったらしかね。だれが財産を貰うか、そんなことも言うとった。ボロ小屋だけど地所は広かもんねえ、坪一万円で、百坪あるとか、百五十坪あるとか……」

「ふうん」

「おふくろさんが屋久島の人らしかね、たぶん、そっちの方から名乗ってくるよ……。けど、わたしの知らん話も出てびっくりした。おふくろさんが亡《の》うなられたとき、裸で走っと止めたらしかね、二月《ふたつき》かそこら、なんも為《せ》んで……」

「へぇ」

「なんでかねえ、なんで止めたと思う？」

「さあ……」

初耳だった。あの枯木みたいな老母が亡くなり、町役場の福祉課が葬式をだしたという噂は、明も聞いたことがある。だが、きちがい豊が裸で走るのをしばらく中止していたことは全く知らなかった。

「うちにもきちがいが居《お》ったよ」

べとつく焼飯を噛みつぶしながら、ぽつんと母が言った。

「盛おじさんか？」

「うん」

と、結んだ口が、炒めた油で光った。

「でも、盛おじさんは……」

「ま、きちがいとは言えんけど、本坊さんの真似ばっかりして……。あの人の姉さんも気がふれてね、戦争んとき防空壕で垂れ流して、あと始末に往生したらしかよ」

盛おじさんというのは祖母の兄で、山口盛靖といい、洋服の仕立屋をやっていた。おちぶれた貧乏士族で、相当の変り者だったという。若いころ郷里を飛びだし、十年近く消息不明だったが、ひょっこり帰郷して、鹿児島市の鍛冶屋町で仕立屋を開業した。母や、母の兄弟たちは「鍛冶屋町の盛おじさん」と呼んでいた。もう一人の「高麗町の盛おじさん」と区別するためだった。仕立屋をはじめても相変らずの変り者で、宗教に凝り、英彦《ひこ》山、金峰山、両子山など、九州各地の修験の山へよく出かけていった。まだ明の生まれない時分のことだ。その盛おじさんが、どこかの山で本坊真海という半僧半俗の行者に出会い、意気投合して、この本土南端の町までひき連れてきたのだった。

本坊さんは、盛おじさんの仕立屋を手伝ったり、開聞岳に登るたび鉄工所に訪ねてきたりしていたが、そのうち無人のまま荒れ放題の嶽山神社を修復して、かってに住みついてしまった。そして祖母の家によく出入りし、大酒呑みの祖父と大の親友になったという。熔岩だらけの荒地を開墾して、芋を植え、そうするうちに土地の人たちから祈禱をたのまれ、本坊さんの占いや予言はよく当ると評判になった。人々は、本坊さんのことを「千里眼だ」と騒ぎはじめた。本坊さんに影響されたのか、盛おじさんもそれから十五年ぐらい後に、仕立屋を廃業した。専門の祈禱師になったのである。五十近くになってから、急に霊感が閃めくようになったのだという。

「兄さんは、神《かん》さあに成られたとよ」

祖母は、よくそう言っていた。

防空壕で糞を垂れ流していたというのは、盛おじさんの姉、明にとっては大伯母だった。空襲が激しくなり、この町に疎開してきたときには、すでに狂いかけていたのだという。その大伯母の話はタブーだった。明はその写真を一枚だけ見たことがあった。防空壕で糞にまみれていたという姿とは逆に、黒い紋付をきちんと着て、ガラスの義眼めいた冷ややかな眼で、写真をのぞきこむ明を貫き、はるか後方に視線を凍結させていた。きちがい豊の青く冴えた眼にどこか似ており、思わずふり返りたくなる目つきだった。

「本坊さんは？」

「さあ……」

母は首をふり、口紅をぬったあとのように唇をすぼめて、炒めた油を吸った。

「帰ってこられんのか？」

「うん、あれっきり生きておらるっか……」

「嶽山は？」

「もう二十何年いっとらんけど……お詣りしようか」

と、行き掛かりのように母は言った。

「………」明は戸惑った。

「な、明日、父さんの車借りていこうよ。こんままじゃ罰が当りそうな気がする……。いや、もう当ってしもうた」

母は肉のたるんだ顎をひいて、自分の胸をみた。乳癌の手術で片方を切り取られているのだが、今日は厚い乳当でもつけているのだろう、胸のブラウスは左右均等に盛りあがっている。

「さっきの子、どう思うね？」と母は顔をあげた。

「え？」

「ほら、さっきトラックを運転してきた」

「ああ、あの……うん、いい感じだったな。もう決まったのか？」

「秋に結納するんよ」

「そうか、良かったな」

「うん、こっちの方がやられんうちに、しっかり話をまとめとかな」

母は顎の先で右胸を示し、相手方とうまく血が合うかどうか懸念していると言った。それから話はしだいに飛躍して、妹の初潮のときへ移っていった。その日、十二歳の妹は学校を早引けして、玄関ではなく、裏木戸からおずおず帰ってきたという。

南風が吹きぬけ、静脈の透けたバナナの葉が空を煽いでいた。裏木戸は開いたままだった。棕櫚の木が垂直にのび、日時計のかたちに青い影を刻んでいた。縁側の柱が、つややかに黒光りしている。

天井裏で、梁《はり》がきしんだ。あぐらをかいた尾骶骨のあたりに、かすかな振動がつたわってきた。やがて家が生き物のように身ぶるいし、戸袋の雨戸がかたかた鳴った。

「地震だ！」

明は思わず腰を浮かした。

「ああ、来た、来た」

母はどっしり坐ったまま、嬉しそうに言った。

「あ、桜島か……」

明は安心して腰をおろした。

「ちょっと太かねえ」

母は目尻に皺をよせて、くすぐったそうな微笑を浮かべた。遠くから遊びにきた地震を迎えるような顔つきだ。

竜舌蘭の花がふるえ、バナナの繁みで赤紫の花がゆれた。桜島はいま地鳴りをたて、火山弾を飛ばし、青空へ巨大な噴煙を吹きあげているだろう。

「最近、よく爆発する？」

「おう、毎日んごと噴いとるよ」

母は、得意そうに言った。孫の自慢話をするときの祖母に似ていた。

地震はどっちへ行こうか迷いながら、しばらく地の底にくぐもっていた。家は、まだかすかに震えている。

火口壁はたったいま熔岩が盛りあがってきたかのように、縁《へり》のあたりだけ日に燦めいていた。その北壁に、海底温泉の湯気がわだかまっている。風の振動がこもり、噴火湾のなかで共鳴した。遠くの活火山に刺戟されて、太古の噴火口が静かに呼応しているようだ。

母はうっとり目をつむり、片耳を地面へ寄せるように首をかしげ、通り過ぎていく大地の余震をいつまでも追いかけていた。

甕割坂の中腹に、一軒の店があった。赤土の土間に戸板を渡し、ものを並べただけの小さな雑貨屋だ。明は、その店さきに車を止め、菓子パンと李《すもも》を買った。近くの農家でとれたのか、みずみずしい李だった。

ロー・ギアでふたたび坂を登りつめていくと、火口壁の割れ目に行きあたった。

そそり立っ玄武岩の壁が、十五、六メートルほど縦に裂けて、そこは天然の切り通しになっていた。おそらく大昔の地震で火口壁に断層が起こり、谷間のように口をひらいたのだろう。その割れ目の奥へ、道がつづいている。車一台、ようやく通れるぐらいの幅だ。両側には黒褐色の岩壁がきりたち、澄んだ水が岩肌をつたい、暗い谷底のような道に滴り、谺《こだま》している。

日陰の岩は、なめらかな苔におおわれ、そのあたりだけ暗緑色の光がぼうっとひろがっている。突起した岩角には、羊歯が密生し、岩の割れ目に無数の根を食いこませていた。その鬱蒼とした葉むらを透かし、熱のない光が射し込んでいる。光のなかには有機物の気配が濃密にたちこめ、透きとおった緑の菌が谷底いちめんに降りそそいでいるようだ。

空は、青い蛇のかたちで、細長く頭上によこたわっていた。雲のかけらが火口壁を越え、鱗のように鈍く光りながら、噴火湾の方角へ流れていく。母は助手席の窓に顔をよせて、羊歯の繁みや、湿った岩肌を見あげていた。

風が吹きこみ、耳鳴りが聴こえた。しだいに道幅がひろくなり、割れ目を押しひらくように光がなだれ込んできた。視界が割れ、車は火口壁の外輪部へ出た。そこは峠の頂で、なだらかな大地が下方にひろがっていた。

陸稲がざわめき、草や、木々や、砂糖黍が風にうたれていた。火口壁の外輪を境にして、大地は黄緑にうねり、ゆるやかに起伏しながら海へ滑りこんでいた。陸地と海のきわから、奇岩の嶽山がきり立ち、鋭く空へ突きささっている。西の方には、休火山の開聞岳《かいもん》がそびえ、雲とも霧ともつかぬものが山頂をかすめていた。かつて熔岩の流れたあとが、薄紫の川のように条《すじ》をひき、明るい萌黄《もえぎ》いろの山腹へ吸い込まれている。裾野は豊かな円錐状にひろがり、北側で大地とつながり、南側はそのまま海へ滑りおちている。海は荒れていた。遠くの水平線から、青くうねる水塊がとめどなく押し寄せている。

明は車を走らせた。タバコ畑が風になびき、背丈ほどもある茎や葉が、花をもぎとられた向日葵《ひまわり》のようにゆれていた。折れた砂糖黍の茎から、甘い汁が匂ってくる。そこを過ぎると、あとはほとんど陸稲の畑だった。道は、嶽山の方角へつづいていた。

「ね、憶えとらんね？」と母が言った。

「…………」明は、あいまいに首をふった。

「ああ、憶えとらんじゃろうねえ。まだ三つかそこらで……お前を背負うて、ここをよう通うたとよ」

母は記憶の奥行をさぐるように、陸稲の畑の道を眺めている。五十過ぎの、肉づきのよい顔だ。脂肪の胴着をかさねたように全身ずんぐり肥っている。その顔や体はずいぶん使い古びて、乳房も片方きり取られているのに、細い小さな目だけが、ずっと以前の時間にまだひきこもっているようだ。男まさりの気性なのに、いつになく気力が挫けていた。

明は、車の速度をおとした。陸稲は道のへりだけ土埃をかぶり、黄色く実りかけているようだった。母に背負われてこの道を往き来していたときも、ここで陸稲が実り、海風に打たれていたに違いない。春には菜の花が咲き、がっしりした赤毛の台湾牛が、荷車を引き、この道を歩んでいたはずだ。二十五、六年前の時間と、いま車を走らせている時間が、いまここで重複している気がした。憶えているような気もする……。大陸の植民地で生まれ、なんの記憶もないまま引揚船に乗せられ、母のふるさとである本土南端の土地へ運ばれ、気がつくと「明」と名づけられていた。しかも土地の人たちからは、はっきり他所者として扱われている。すべてが偶然で、わけのわからぬ軌道の上を運ばれていた。目の前にひろがる海が「太平洋」と名づけられていることも、自分が「明」であるということも、なにか腑《ふ》におちない感じだった。

小学五年のときだったか、はじめて地図の見方を教わったときのことを、明は鮮明に憶えている。それは、北緯何度、東経何度という、ごく単純な表記法にすぎなかった。だが、明は感動した。自分の生まれた遠い旧植民地や、いま住んでいる足もとの土地をまったく別の名で表わせることを知り、わけのわからぬ苛立ちから解き放されるような気がしたのだった。

日盛りの海に釣糸をたらし、魚が食いつくのを待ちながら、「ここは北緯三一度一五分、東経一三〇度四〇分……」と教わったことばを、ぼんやり想うことがよくあった。海も、陸地も、足にふれる水も、石英質の砂つぶも、すべてがこの輝かしい地名に封じ込まれている気がした。たとえ、この土地から人間という人間がひとり残らず消え去ったとしても、この地名だけは金剛不壊のまま、時空の一点を名ざしつづけているだろう。日盛りの海は、金色にきらめいている……。それは、もはや「太平洋」ではなかった。いま自分の居る場所も、海と陸地の境にぽつんと放りだされたまま厳然と独立している一つの世界だった。そして軽い日射病でもうろうとしながら、明はよく奇妙な予感におそわれた。漁師たちが広大な海から一尾の魚を引き上げるように、いつか自分も、この世界から一つの宿命を引きだすだろう……と。

奇岩の嶽山は、大地のへりを突き破り、ほとんど垂直にきり立っていた。岩肌は赤みを帯び、かつて地底で煮えたぎっていた熔岩の色を、いまもかすかにとどめている。

「お前は、本坊さんのお気に入りじゃったねえ」と母が言った。「まだよう歩けんころ、本坊さんに抱かるっと、キャーキャー笑《わろ》うて……」

風が火山灰地を削ぎとり、乾いた土埃をたてていた。台湾牛の毛なみをおもわせる赤っぽい黄褐色だ。道は妙に鮮やかすぎる遠近法をえがき、記憶をさかのぼるように遠くへ窄《すぼ》まっている。その向こうから、本坊さんが銹だらけの自転車に乗り、こちらへ走ってきそうな気がした。

子供のころ明は、その初老の行者がとても好きだった。祈禱をたのまれて町へ降りてくるたびに、本坊さんはかならず祖母の鉄工所を訪ねる習わしだった。ときには明の家に立ち寄ることもあった。銹ついた自転車のギーギー軋む音がきこえると、明は台所へかけこみ、焼酎瓶と湯呑を取ってきて、日当りのよい縁側で待ち伏せした。そして一度も会ったことのない祖父のことや、遠くの見知らぬ土地の話をむさぼり聞いた。

本坊さんはゆったり背すじを伸ばし、縁側の柱にもたれ、焼酎をすすりながら語ってくれた。祖父は冷し素麺《そうめん》が大好物で、つるつるっとすごい速さで食べながら、片手に焼酎のコップを持ち、ひょいと口へ流しこんでいたという。本坊さんは節くれた手で宙をつかみ、おどけた身ぶりで、よく祖父の物真似をしてみせた。戦時中、物資が底をついていたころ、めずらしく焼酎が手に入ると、一升瓶をぶらさげ意気揚々と嶽山へやってきて、防空壕で祖母たちがふるえ、頭のおかしな大伯母の糞の始末に往生しているのも放ったらかして、本坊さんと夜明けまで飲みつづけていた。短気者で、やさしく、太っ腹の大酒呑みだったらしい。植民地のハルピンで明が生まれ、その写真を送ってくると、嶽山へ押しかけてきて、本坊さんに写真を突きつけるなり、「おい、わしの初孫じゃ、しっかい祈ってくれえ！」と命じたという。

本坊さんは小柄な人だった。土地の漁師をやや華奢《きゃしゃ》にした感じで、一つ一つの皺の奥まで日焼けしていた。眉の濃い南方系の顔だちで、ときたま入港してくる琉球丸の人たちによく似ていた。頭はバリカンで丸く刈りあげ、一年中ほとんど白い開襟シャツを着ていた。

その襟もとに数珠がのぞき、小粒の油石のように黒光りしていた。

「本坊さんが居られんと、お前は生まれてこんかったよ」

母はよく、明にそう語った。というのは、母が一目惚れした相手は、満州から嫁さがしに帰国してきた男だった。祖父母は「満州なんかへ娘をやれん」と言い張った。そのとき本坊さんが「行かせてやれよ」と説得してくれたのだ。

「本坊さんがそこまで言うとなら……」

祖父母もようやく承諾した。

あわただしい式をあげて、母は満州へ渡ることになった。だが出発の直前、祖母が発病した。仕事を抱えている父は一足さきに発ち、母はあとを追うことになった。祖母はまもなく全快し、母はひとりでハルピンへ渡る旅仕度にとりかかった。そのとき本坊さんがやってきて、

「朝鮮まで見送ってやらんな」と、すすめたという。

祖父は、急遽、同行する決心をして同じ船に乗り、朝鮮の釜山まで見送った。母はそこから汽車に乗り、ハルピンへ向かった。それが訣れだった。二年後に祖父は胃潰瘍で倒れ、赤黒い血を吐いて急死した。

ハルピンは、ロシアの亡命者たちの多い町だった。どっしりした石造りの家々がならび、教会の円屋根は玉葱形にふくらみ、ロシアの旧都をしのばせたという。だが、そのすぐ裏手には中国人たちの市場があり、露店や、ほこりだらけの天幕がひしめいていた。ついさっき盗まれたものが、もう近くの露店にならび、泥棒とも商人ともつかぬ男たちが声をはりあげ、ありとあらゆる品々を売っていた。

ほこりっぽい布地。あやしげな薬。蛇の干物。盗品の指輪。金銀の皿。小麦粉。塩。大地に食卓をすえつけた安食堂では、豚の丸首が大鍋でぐつぐつ煮え、男たちが飯をかきこんでいる。ときには目尻に砂漠がこびりついているような蒙古人たちが、市場をうろつき、鞣《なめし》皮の匂いをまき散らしていく。地鶏はけたたましく屋根まで飛びあがり、春になるとゴビ砂漠から黄塵が吹きぬけ、大陸の空を黄色く染めたという。

母はまもなく身ごもった。そんなとき突然、赤紙が舞いこんだ。父と母は記念写真をとり、水盃をかわした。そして、父はロシアとの国境へ駆りだされていった。母は日に日に膨らんでいく腹をかかえ、異郷で心細く暮しつづけた。浜育ちの激しい気性だけが支えだった。

そんなある日、わけもなく小水が近くなり、頻繁に便所へ駆けこんだ。だがいくら放尿しても、尿意は止まらない。小水はとめどなく流れ、腿をつたい、ついに床を濡らしはじめた。母は、やっと気づいた。破水しているのだ。子宮の羊膜が破れ、羊水が溢れだしているのだった。母は大声で叫んだ。家主のロシア人夫婦が駆けつけ、その場で出産がはじまった。母は、本坊さんから送られてきた安産のお守りを噛みはじめた。経文を書きつけた紙きれを、正露丸ほどに丸めたものだった。ロシア人夫婦はうろたえ、

「ヤース、ヤース！」

と母の名前をくり返すだけだった。

母は湯をわかしてもらい、さらに裁ち鋏を煮沸してくれと頼んだ。そして、まだ熱い鋏をつかみ、臍《へそ》の緒を切った。赤ん坊は茹でた小猿のようなひどい未熟児で、ひょいと掌に乗るほど小さかった。

半年後に、戦争が終った。

父はいつまでたっても帰ってこなかった。国境の兵隊たちは捕虜になり、シベリアの収容所へ連行されたという噂だが、生きているのか戦死したのかも分からない。母は乳呑子をかかえて市場に通い、売り食いの生活をはじめた。結婚指輪を売り、衣類を売り、つい

には食器まで売り払った。手首から肘までびっしり腕時計をはめたロシア兵が家を荒しにきたことがあった。腕に手をかけた。母は相手の自動小銃に、自分の喉を押し当てた。その気魄にたじろいでロシア兵は引揚げていった。

やがてハルピンの日本人たちが収容所へ送られることになった。ウラジオストック附近のコロントウというところに収容所があり、そこから日本へ送還されるのだという。軍用トラックに乗せられて出発し、次に、牛馬の臭いのする貨車に押しこまれた。無蓋貨車に乗せられて凍死した人たちもいた。貨車の中ではみんな垂れ流しで、まず年寄りからさきに倒れ、それから赤ん坊たちが死んでいった。

荒涼とした原野を走りつづけて、二日目に列車が止まった。まだ原野の真っただ中だが、戦争でレールが破壊されているのだ。引揚者たちは長い列をつくり、銃口で小突かれながら歩きつづけた。逆らう者は射ち殺され、落伍者はそのまま置き去りにされていった。

夜になると獣の遠吠を聞きながら、火を焚き、野営した。しだいに乳の出が悪くなり、骨と皮の赤ん坊たちはさきに死んだ年寄りのような嗄れ声で泣いた。そのとき母は恐ろしい光景を見たという。かさかさに乾いた乳首をくわえさせたまま、母親たちがぎゅっと赤ん坊を抱きしめて窒息させている……。夜になると、いつもだれかが穴掘りをやっていた。

死んだ赤子を埋めるためだ。満州の原野はひどい荒地で、ガリッ、ガリッ、と土を掘る音が夜ふけまで聞こえてきた。

ようやく日本に辿り着き、母はふるさとの噴火湾を舟で渡った。胸に赤ん坊をしばりつけて、ぼろぼろのリュックを背負い、屎尿を入れるバケツをぶら下げ、髪はふり乱し、血走った目だけぎらぎら光っていた。赤ん坊は痩せこけて、泣く力さえなかった。母は倒れこむように生家の閾《しきい》をまたいだ。そのとき祖父はすでに他界していた。

母はむさぼるように眠った。最初の日は十四、五時間も眠り、祖母はその寝息をたしかめながら赤ん坊の世話をしたという。翌日も、その次の日も、一日の大半を眠っていた。目覚めたとき、ハルピンのことや引揚船のことを尋ねてもまったく要領を得ない返事だった。はじめの数日だけ、日当りのよい客間に床をしいていたが、まもなく祖父の使っていた部屋へ移った。そこからだと鉄工所の内部が見わたせた。母はそこがいちばん落着くといい、布団によこたわったまま歯車を回す油だらけのベルトや、火花を散らす旋盤をぼんやり眺めていた。

そんなある日、本坊さんが銹だらけの自転車でやって来て、挨拶ぬきで縁側から上がりこみ、まっすぐ母をのぞきこんだ。母は泣きたいのを怺えていた。

「ようがんばった、偉かったな……」

本坊さんは目をうるませ、ただうなずいた。

祖母が縁側へかけつけ、本坊さんを見るなり、涙ぐみ、

「なあ、本坊さん、こん子が初孫じゃ」

と、痩せこけた猿のような赤ん坊を差し出した。

本坊さんは両手を伸ばし、そっと抱きとった。そして、いったん膝の上におろしてから、ふたたび抱きあげ、小さな目の芯をのぞき、力を吹き込むように言った。

「お前ん父《おや》はもどってくる、きっと生きてもどるぞ」

「ほんとな、本坊さん！」

母は布団からはね起きた。そのころ父は生きているのか死んでいるのかさえ分からなかった。

「おう、生きてもどる」

本坊さんは、なに、信用できんのか、と、いたずらっぽく訊き返すように笑った。

海鳴りが聴こえた。

熔岩の山は、遠くから見ると垂直の塔状だが、近づくにつれて北へ傾《かし》ぎ、岩山全体が張りつめた男根のように反りかえっている。その麓に、朽ちかけた鳥居が立っていた。陸稲の畑も尽きて、痩せた火山灰地に芋蔓がへばりついている。明は、車のブレーキを踏んだ。古井戸があった。釣瓶《つるべ》の紐は腐っていた。母は、甕割坂で買った菓子パンと李の袋を明に押しつけ、車から降りた。

「ここに、いつも自転車が立てかけてあったよ」

母は鳥居の柱にさわり、吹きぬけの閾《しきい》でもくぐるように上目づかいに歩いていった。

嶽山は赤みのある熔岩の肌をむきだし、前方に盛りあがっている。

五万年ほど前、噴火湾がまだ火を噴いていたころ、粘性の強い熔岩がなかば固まりかけたまま、地下のガス圧で押し上げられてできた典型的な熔岩尖塔だ。百五十メートルほどの高さで、裾野もなく、中国の山水画にあらわれる奇岩の山にそっくりだった。わずかに北へ反っているのは、まだ熔岩が冷えきらぬとき、海からの風圧を受けて傾《かし》いだのだろう。

二つめの鳥居をくぐりぬけると、赤褐色の石段がせりあがっていた。石を積み上げたのではなく、熔岩の斜面をそのまま荒削りした階段だ。明は先に立ち、擦り減ったあとを足でなぞりながら登りはじめた。三十歩かそこらで、すぐに尽きた。あとは嶮しい崖道が、岩壁にそって伸びあがっている。

熔岩の山を螺旋状に回りながら、青空へ昇りつめていくような気がした。が、それは錯覚で、まだ半周もしないうちに崖道は岩の凹みや岩棚をつたい、行きあたりばったりに折れ曲り、やみくもに上へ向かっていた。

日なたには蘇鉄が生え、日陰には羊歯があった。ところどころの足場に、鑿で削ったあとが残っていた。母は手がかりの岩角を撫で、その擦り減りぐあいや、手垢の染みているさまを懐かしそうに眺めている。

二十五、六年前、シベリアにいるはずの父が無事に帰ってくるよう、願をかけて、母はこの道を登りつづけたのだ。戦争のせいで信者が増え、本坊さんはよく大勢の人たちに囲まれていた。一緒に茶をすすりながら、南方で息子が戦死したというおばあさんの話を聞いていることもあった。母は漁師たちが届けてくれる魚や、野菜、ときには貴重な米をもって月に四、五回、この嶽山に参拝し、雑炊をつくり、麓の井戸で開襟シャツを洗ったりした。そうして二年近くたったころ、青不動の前でギリギリッと数珠を揉んでいる本坊さんが、

「見えっきた、見えっきたが。うん、あと二月《ふたつき》か三月《みつき》でもどる」

と唐突に言った。

「え……」一瞬、母はなんのことか分からなかった。

「ほら、御亭主がシベリアからもどって来っど」

本坊さんは、引越しの段どりでも急かすような口ぶりだった。

その日が近づくにつれて母は、無口になった。引揚船の上で、船員たちがいま内地ではこんな歌が流行していると「リンゴの歌」を歌ってきかせ、みんながぼろぼろ涙を流していたときも、母は黙っていた。船がついに日本の領海に入り、引揚者たちが「もう大丈夫だ、ロシアの手先になって収容所で甘い汁を吸っていた連中を海へ投げ込め！」と騒ぎたてていたときも、母は船底でじっと毛布をかぶっていた……。日に日に表情の硬ばっていく母とは逆に、本坊さんはすっかり寛《くつろ》いで、いたずらっぽい微笑さえ浮かべていた。

「あ、やあっと動きだしたとこじゃ、いま、ダイリクの際《きわ》んほうへ動いとる。あと十日じゃろう、十日たてば海ん上せえ出る……」

本坊さんは「大陸」のことを、いつも「ダイリク」と言っていた。母はそのたびに、ああ、あそこはほんとうに大陸《だいりく》だったなあ……と、あらためて思った。

七月になった。

母は、明を背負い、腹皮《はらがわ》をもって嶽山へ出かけていった。鰹の腹の部分を三角に切りとり、日に干したものだ。脂がのり、焼酎の肴にぴったりで祖父の大好物だった。

本坊さんは、嶽山のふもとで芋蔓を植えていた。芋を掘ったあとに蔓だけ植えておけば、また自然に根づいてしまうのだ。

「暑かなあ、本坊さん」と母は言った。

「おっ」

本坊さんはうなずいただけで、仕事に没頭している。

「腹皮をもってきましたよ」

「おう、そらどうも」

「焼酎があればよかとに……」

母はしゃがみこんで蔓植を手伝った。

汗が乾き、二の腕にうっすらと塩を吹いていた。背中の子が重たく、歩きずめで、足がだるかった。なにを待っているのか分からない気がした。このまま一生が過ぎていっても、なんの不思議もない気分だった。蟬の声がしんしんと沁みた。海鳴りも沁みた。ふっと本坊さんが手を止めて、呟いた。

「あ、しもうた」

忘れ物を憶いだしたような口ぶりだった。

母は気にもとめず、蔓植えに没入していた。

「もう着いとる……。あ、昨日着いたとこじゃ……」

本坊さんは軽く目をつむり、額の裏側に映画でも写っているように眼球をぐりぐりさせていた。そして、一日遅れてすまんな、と恐縮するように、母の顔をのぞきこんだ。

「……」母はあっけにとられていた。

「さあ、神《かん》さあにお礼言わないかん」

本坊さんは、掘ったばかりの芋を笊《ざる》に入れて、崖道を登りはじめた。

中腹のお堂で、母は促されるまま青い不動明王に祈った。疑う気は起こらないが、かといって実感も湧かず、なんだか理不尽に急きたてられる気分だった。

「さ、早よう帰らんな、御亭主から知らせが来っど」

本坊さんは人なつっこく笑い、べつの竹籠に土だらけの芋を分けてくれた。母はその芋で代用品の蓬餅をつくろう、と急に思った。長いシベリアの抑留生活で、きっと甘いものに飢えているはずだ……。

　母は、蘇鉄にからみついている亜熱帯植物の葉を摘みはじめた。土地の言葉でカカランバといい、柏の葉のかわりに団子や蓬餅をくるむのによく使われている。そのカカランバの繁みに手を伸ばすたびに、背負われていた子は前のめりに揺れ、緑の波をかぶりつづけた。その瞬間を、明はかすかに憶えている。

　鉄工所に帰り、「昨日着いたらしか……」と本坊さんの言葉をつたえると、祖母はとっておきの黒砂糖を砕きはじめた。そして庭の蓬を磨りつぶしたり、ふかした芋を裏漉《ご》ししたり、忙しく働いた。本坊さんの言うことを頭から信じきっているのだ。そんな祖母を見ているうちに、もしも外れたら……という疑念がはじめて胸に閃めいた。

　日が沈み、鉄工所のなかに夕闇が流れこんでいた。仕事じまいの時刻だった。母は茶をいれて運んでいった。鞴《ふいご》が鳴っていた。仄暗い空間で、旋盤の火花や、赤く焼けた鉄が光っていた……。祖母が、家と鉄工所の境にある井戸のあたりをよこぎり、一枚の紙きれを高くひらひらさせながらやってきた。舞鶴港に着いたという父からの電報だった。

「ほうら、本坊さんはやっぱり千里眼じゃろうが」

　祖母は目を細め、体をゆさぶって笑った。工員たちが油だらけの手で電報を奪って、確かめ、わあっと母の背中を叩いた。

舞鶴で、明は初めて父と対面した。その日のことを明はまったく憶えていない。髭づらで頬ずりされ、痛がって泣いたという。父は黒砂糖入りの蓬餅をむさぼるように食べた。もう何年も甘いものを食べたことがなかったのだ。シベリアの原生林で斧をふるい、ツンドラの凍土に道を切りひらき、炭鉱へ送られたときは、もう死を覚悟していたという。厳寒の夜が明けてみると、暖をとるため背中合わせに眠っていた相手がいつのまにか死んでいることもあった。その死体をトラックに放り上げると、氷塊のような硬い音をたてたという……。


母がカカランバの葉を摘むとき、背中で揺られていたのをぼんやり憶えているのに、なぜか舞鶴のことはなんの痕跡もなく、物心がついてみると父は雑貨屋を営んでいた。やがて明が四つになり、噴火湾の石段で船虫を追いかけているとき、妹が生まれてきた。

本坊さんは祈禱をたのまれて嶽山から降りてくると、かならず鉄工所に立ち寄った。ふだん無口の本坊さんも、祖母と一緒のときはすっかり寛いで、よく冗談を言い、死んだ祖父が夢の中に出てきて、ああ言った、こうぬかしやがったと、楽しそうに笑っていた。

明の家にふらりとやって来ることもよくあった。父は初めの頃だけ、「本坊さんは、ほんとに千里眼だ」と感嘆し、おかげでシベリアから生きて帰れたと有難がっていたが、二年、三年と過ぎ、遊廓の近くに引越し、女郎相手にひらいた化粧品屋が繁盛してくると、しだいに無関心を決めこむようになった。

本坊さんは、いつも庭の裏木戸から入ってきた。明は一升瓶をかかえて、よく縁側で待ち伏せていた。すると本坊さんは近づくなり、かならず明の頭に掌をのせて、明の魂をつかみ出すように、指さきでぎゅっと頭蓋をしめつけた。そして日焼けした顔をほころばせながら、

「元気か、うん?」

と目の芯をのぞきこんだ。


熔岩尖塔の四合目あたりに、巨きな岩棚がせりだし、緑青《ろくしょう》をふいた銅屋根が見えた。堂は、海辺の流木のように白っぽく風化していた。土地の人たちは嶽山神社と呼んでいるが、村はずれでよく見かける小さな辻堂のようなものにすぎなかった。床下まで夏草が繁り、南側には物置めいた小屋が張りだしている。

岩棚は二十畳ぐらいの広さだった。赤銹を吹いた鳥居が、山積みされ塚をなしていた。掌をひろげたぐらいの、小さな鉄の鳥居だった。出征した人が無事であるよう、人々が願をかけて持ってきたのだという。

「うちの分も混っとるはず……」

母は、汗ばんだ手にくっついた鉄銹を見つめながら言った。

「鉄工所で作ってもろうたの、鞴《ふいご》んとこで鉄を焼いて……」

賽銭箱の向こうに、格子扉があり、洞窟の入口をふさぐ牢のように見えた。隙間からのぞくと、がらんどうの奥に、幽霊とも青不動ともつかぬものが、ひんやり坐っていた。

母は掌を合わせ、しばらく無言で祈ってから、

「孫の顔を見るまでは、どうか……」

と、聞こえよがしに洩らした。二十八になった明に、早く嫁をもらえと急かすような口ぶりだった。

「本坊さん、生きておられるかな」

明は、さりげなく話題をそらした。まだ母の希むような結婚をする気もないし、家業を継ぐ気にもなれなかった。

「さあ……」

母のうつろな声がなにに応えているのか、明は戸惑った。

「いくつぐらいかな、もし生きとれば……」

「そろそろ八十じゃろう」

母は淋しそうに手術の痕をかばいながら、南側へ張りだした小屋の方へ歩いていった。

戸口のそばに薪が積んであった。格子窓からのぞくと土間があり、薄暗く、がらんとしている。底のぬけそうな板間に、埃だらけの畳が二枚、ぽつんと敷いてあった。そこで本坊さんが寝起きしていたのだろう。

真黒な竃《かまど》があった。煤だらけの壁に、山犬の護符がはりつけてあった。土間には、ところどころ熔岩の塊りが露出し、岩棚の勾配が感じられた。片隅の平な熔岩の上に、甕がひとつ据えつけてあった。死んだ人を屈葬の姿勢でおさめることができそうな、巨きな水甕だった……。

本坊さんがこの土地に腰を据えたのは、ハルエさんという女と知り合ってからだという。正式の婚姻ではなく、内縁のまま同居したのである。ハルエさんは開聞岳に近い川尻村の出身で、同じ村の農家に嫁いだのだが、出産のとき産褥熱で失明し、盲おなごは働きにならんと離縁されて、赤ん坊は夫方に奪われてしまった。それから四十近くまで、遊廓や旅館に呼ばれて按摩をしながら暮していた。ハルエさんは、家々の密集した漁師町に住んでいた。本坊さんは信者の一人であるハルエさんの家をよく訪ねていたのだが、いつのまにか、そこに腰を据えた。もともと山伏や験者《げんざ》は妻帯することを憚らない。それにこの港町では、子連れの女郎が男やもめの漁師と世帯をもったり、男と女の結びつきはおおらかな土地柄だった。祖父や、祖母も、

「これで、本坊さんが近くに居《お》ってくださる」と、手放しで喜んでいたという。

十年後に、太平洋戦争が勃発した。

その次の年、ハルエさんが病床に臥した。痩せおとろえたハルエさんを、本坊さんは手厚く看病した。そしてハルエさんが他界したあと、嶽山に移り住み、麓の火山灰地を耕し、芋を植えたりして暮しはじめた。そのとき本坊さんはすでに五十を過ぎていた。

町から離れても、祈禱をたのむ人はあとを絶たなかった。息子や夫を戦争にとられ、本坊さんを頼りにする信者たちも急激に増えはじめた。台風で漁船が漂流して消息を絶ったとか、家族に気のふれた者が出たとか、不審な火事、進水式の御祓、航海の吉凶、地鎮祭

……。占いが的中したという話は、ほとんどきりがなかった。「本坊さんは千里眼じゃ」と、土地の人たちは騒ぎたてた。あの敗戦後の貧しい一時期、人々はそんな奇蹟に餓えていたのだった。

さらに十年近い月日が過ぎた。アメリカの進駐軍の姿も消え、時代が平穏になってくると、もうだれもそんな奇蹟談などに昂奮しなくなった。嶽山へお詣りにいく人たちも減り、占いが当ったという噂も、年寄りたちの古くさい茶飲み話に変りはじめた。

そんなある日、突然、思いがけぬ大騒ぎが起った。

南太平洋のビキニ島で、原子爆弾の実験が行われたのだ。一九五四年の三月、明はちょうど十歳だった。その海域でマグロ漁をしていた第五福竜丸が、死の灰を浴び、乗組員二十三名が原爆症にかかった。ひとりが半年後に死亡した。マグロの値は暴落し、死の灰の騒ぎで国中が湧きかえっていた。

この港から出航した鰹船も、ビキニ環礁からさらに南へ下ったマーシャル諸島のあたりで操業していた。帰港してきた漁師たちは、保健所に収容され、精密検査を受けることになった。その海域で釣ってきた鰹は、放射能に汚されていた。保健所の命令で、鰹は氷漬けのまましばらく水揚場に放置された。おびただしい砕氷がトラックで運ばれ、魚の上にふりまかれた。

そうするうちに四月も半ば過ぎ、五月が近づいた。町中の人たちは、ひたすら五月を待っていた。

五月になれば、鰹の大群が黒潮に乗り、熱帯の海から、すぐ近海まで押し寄せてくるのだ。この南端の岬から三〇キロそこそこのところに、黒潮の大動脈があり、そこが五月の漁場だった。出港した船は数時間で漁場に着き、手当りしだいに釣りまくり、その日のうちに帰港してくる。日帰りの、すさまじい強行軍だ。その時期になると、漁師たちの目はいつも睡眠不足で充血し、ぎらぎら殺気だった。真夜中といわず、夜明けといわず、町中にサイレンが鳴りわたり、水揚場で競売《せり》がはじまった。トラックが驀走《ばくそう》し、ひっきりなしに漁船が往き交い、赤や青の大漁旗がひるがえって噴火湾全体に活気がみなぎってくる。町の下水道は魚の血で赤く染まり、腥《なまぐさ》い匂いがたちこめるなかを着飾った女郎たちが港に群らがり、「満天においでよ、な、うんとサービスするけん!」と、着いたばかりの漁師たちを奪い合うのだった。

だが、その年の五月はひっそり静まり返っていた。活気をみせたのは、はじめの一航海だけだった。夜ふけに出航した船は、黒潮の真っただ中で釣りまくり、昼過ぎには大漁旗をかかげて帰ってきた。岸壁に人々が群らがり、不安な面もちで見守っていた。漁撈長や、網元や、鰹節工場の人たちや、みんなが待っていた。子供の明はわけがわからず、野次馬の人垣をこじあけていた。やがて船倉の蓋がひらき、水揚げがはじまった。新鮮な鰹は水をはじき、初夏の光にきらめいていた。紺色の縞目がうねる背も、銀の腹も、脂がのり、はち切れんばかりに輝いている。

保健所の人たちが、放射能の測定器を肩にかけ、金属のマイクのようなものを鰹に突きつけた。かすかに目盛りの針がふるえた。測定器は、喉のつぶれた海鳥のようにガーガーと嫌な音をたてた。

低いどよめきが起こった。網元たちの顔が翳った。「あかんなあ……」という呟きが聞こえた。みんな不安にかられながらも、いったいどう身構えてよいか見当がつかないようすだった。測定器はふいに鳴りやむかと思うと、瀕死の海鳥がもがくように、またかすかにガーガー喘ぎはじめた。

漁師たちは、呆然と突っ立っていた。日帰りの航海なのに、久しぶりに陸《おか》にあがって、まだ足がよく地につかないというふうだ。人々はただ途方にくれていた。

鰹を中心に動いている町全体が、その日を境に空回りしはじめた。じっと待機していた鰹節工場には、かんじんの魚がやってこなかった。製氷工場は氷をもてあまし、トラックは動かず、船具屋も、食糧屋も空っぽだった。給油船は重油を満載したまま、むなしく噴火湾に浮かんでいた。網元たちは大損害だった。四月からつづく赤字で、漁師たちへの給金は不払いのままだった。町中のバーや飲屋はがらがらだった。いつもなら夜明けまでどんちゃん騒ぎをくりひろげる遊廓も、しんと静まり返っている。

鰹の値は、みるみる暴落した。測定器を近づけても、あの嫌な音をたてない鰹も獲れはじめた。だが買い手がつかなかった。漁師たちは、甲板の日陰でごろごろ昼寝していた。いつもなら遊廓へ駆けこんでいくのに、ほとんどの漁師が文無しだった。女郎たちは化粧もせず、帳場の入口や、海へせりだした露台にぼんやり腰かけていた。

町では喧嘩騒ぎが絶えなかった。四国からきた漁師たちと、地元の漁師たちが諍《いさか》い、一人が刺身包丁でぶすりと腹をやられた。同じころ近村から鰹節工場へ出稼ぎにきた女が、生簀《いけす》小屋に引きずりこまれて犯された。十人近い男たちに輪姦されたという噂だった。

海辺にはよくコンドームが浮いていた。遊廓へあがれない漁師たちを相手に、安飲屋の女たちが売春をはじめたのだ。遊廓の女将は、地廻りをひき連れ、噂の飲屋へ怒鳴りこんだ。女たちは目をつり上げ、つかみ合い、口汚く罵《ののし》りあった。

　町中のすべてが狂いかけていた。買い手のない鰹は、水揚場に山積みされたまま、氷が溶け、しだいに腐りはじめた。風の動きにつれて、胸のむかつく臭いが町中に漂ってきた。その腐臭を嗅ぐたびに、明はえたいの知れぬ不安におそわれた。どこか遠い赤道の彼方で、原子爆弾が炸裂し、熱帯の海に死の灰が降りそそいだという。海が穢れ、魚たちが穢れたのだ……。だが岬の方を見ると、海は青く、美しい初夏の光がきらめいている。水平線も、半球の青空も、豊かな光ではち切れんばかりに輝いている。あの水平線の向こうで、陽の光よりも眩しい爆発が起こったのだ。その一点から世界がつき崩れ、じわじわと死がにじみ出している……。

　一日一日ごとに、死魚の臭いは耐えがたくなり、とうとう外海の砂浜で焼き棄てることになった。石油をかけて燃やすのだという。

　明は、家なみの密集地を走りぬけていった。岬の先端を突っきり、海岸道路にそっていくと、真黒な煙の柱がたち昇っていた。腐肉を炙るいやな臭いがした。炎は、海風になぶられてひれ伏し、死魚の山を抱きかかえていた。石油がこぼれたのか、そのまわりで石英質の砂も燃えている。そして風が静まると、炎は透明な怒りの姿で、まっすぐ立ち上がった。

死魚の煙を吸い込んだ空は、次の日も真青に晴れていた。

通りで遊んでいると、ギーギー金属の軋む音が聞こえてきた。明は、反射的にふり返った。倉庫ぞいの日陰を、自転車に乗った人影が走ってくる。

「本坊さあん!」明は大声をあげた。

自転車は倉庫の陰を突っきり、日なたへ走りだしてきた。やはり本坊さんだ。白い開襟シャツが眩しかった。本坊さんは日焼けした顔をこちらへ向け、視線を注ぎこむように明を見つめている。

「本坊さん、どこへ行っとな?」

「漁撈長ん家《うち》じゃ」

「乗せて!」明は錆だらけの荷台をつかんだ。

「…………」本坊さんは、やさしい目差で首を横にふった。

「なんで?」

「用事がすんでから、な」

本坊さんは、あとで焼酎を飲みにいくからな、と、たしなめるように歯をみせて笑った。

その顔はとても明るいのに、声だけひんやりして風穴の奥から響いてくるようだった。光にさらされ、坊主刈りの頭がいつもより白く見えた。白髪が増えていた。そのせいか濃い眉や、睫毛がいっそう黒く際だっている。琉球丸の人たちにそっくりだと、明はあらためて思った。

「うん?」分かったかというふうに、本坊さんは念を押した。そして、ペダルを踏んで走りだした。ギーギーという音が、初夏の爽やかな風と呼応していた。明は、あとを追って走りつづけた。納屋の近くで、きちがい豊《とよ》が上半身裸になって薪割りをしていた。

漁撈長の家には、巨きな竜舌蘭が生えていた。人の背丈ぐらいの葉が放射状にひらき、その先端の棘が、恐竜の爪のように青空を突きさしている。葉むらの中心から、一本の茎が旗竿のように伸びあがり、純白の花をつけていた。

その竜舌蘭が、漁撈長の家の門がわりだった。仕事にあぶれた漁師や、赤ん坊を抱いたおばさんたちが入口に群らがっていた。本坊さんは自転車を止めた。人々がまわりを取り囲み、小柄な本坊さんはたちまち見えなくなった。

明は、人込みにまぎれ込んだ。庭には筵《むしろ》がしかれ、生乾きの鰹節が干してあった。縁側から、南向きの客間が見わたせた。日射しのなかに、十人ほどの網元たちが坐っている。

みんな町の有力者たちだ。本坊さんは上座に迎えられ、その真向いに、膝づめ談判の恰好で漁撈長が正座した。

「わざわざ来てもろうて、すんませんなあ」

漁撈長は、膝頭に両手をつき、待ちかねたように言った。

「………」本坊さんは、固苦しい挨拶に戸惑っているようすだった。

「な、本坊さん」

と、漁撈長は大きな体を前にのりだした。

「うん、原子爆弾のこっじゃろ」

本坊さんはためらわず応えた。

「そう、そう、そん原子爆弾じゃが、騒ぎはおさまっとじゃろか？　な、鰹はもうだめじゃろうか？」

漁撈長は息せき切って、矢つぎばやに尋ねた。

「心配せんでよか」本坊さんは穏やかに言った。

「けどなあ、福竜丸ん連中は死の灰とかにやられっ、重態らしか。マグロも鰹も値くずれて、もうめちゃくちゃじゃ、そいに放射能はずうっと消えんちゅうが……」

「いや、騒ぎはおさまっが」

「ほんとな？」

「ああ、心配せんでよか」

本坊さんは、まわりから集まる視線をしんと吸いとっていた。

「…………」漁撈長は拍子ぬけしていた。溢れんばかりの精力が空回りして、力のやり場に困り、いきなり暴れだしそうな気配だった。

本坊さんはあぐらをかいたまま、にこにこ笑っている。まわりの雰囲気が切迫しているのに、いつもと変りなく、ちぐはぐな芝居を見ているようだった。

「本坊さん、こらぁ、わしらの死活問題じゃ、こんままいけば破産してしもう、な、本気で占うてくれんな！」

沈黙した漁撈長の背後から、網元たちが苛立たしそうに言った。

「二月《ふたつき》もすればもとに戻っが」

「二月な？　まこと二月で大丈夫な？」

「うん」本坊さんはうなずいた。

「…………」網元たちはきょとんとしていた。いつも権柄《けんぺい》ずくな物腰なのに、肩すかしをくらい途方にくれた顔つきだ。

縁側からのぞいている人たちが、がやがや騒ぎはじめた。

「本坊さん、嘘じゃなかろうな？」

と漁撈長が念を押した。

「神《かん》さあの言われたこっじゃ」

本坊さんは、だれか他人のことばを取次ぐように無造作に言った。

「そらあ千里眼の本坊さんじゃ、間違いはなかろうが……」

「………」網元たちは本坊さんの目をうかがい、幻にすがりついていいものかどうか迷うように、互いに顔を見合わせた。半信半疑ではあるが、したたかな顔がくすぐったそうに弛《ゆる》みかけている。

「本坊さんの占いは一度《いっど》も外れとらん！」

縁側から声が飛んだ。顔も名前もない、湧水のような野次馬の声だった。

「うん、そらぁよう知っとる」

漁撈長は、がっしりした手で額をこすりはじめた。額からつむじのあたりまで禿《は》げあがり、その禿げたところも、黒くてかてかに日焼けしている。

「本坊さんがそう仰《おっしゃ》っとなら、間違いなかろ……」

と、長老格の網元が呟いた。

浮き足だつような騒めきが起こった。縁側の人込みの方から熱っぽい雰囲気がひろがってきた。

本坊さんはあぐらをかいたまま、もう用事が済んだというふうにぼんやりしていた。祖母に連れられて何度か会ったことのある盛おじさんに似ていた。仕立屋を改造した祈禱所で、盛おじさんはいつもぼんやりして、血が繋がっているはずの明になんの関心も示さなかった。

「おおい！」

漁撈長が、いきなり大声をあげた。

「…………」騒めきが静まった。

「おおい、焼酎をもってこんか！」

漁撈長は奥の方へ呼びかけ、ぶ厚い掌を打った。

笑いが湧き上がった。町中の人たちが、本坊さんの焼酎好きをよく知っているのだ。本坊さんはみんなの笑いを浴びて、困ったように弛んだ表情を浮かべている。なんの変哲もない好々爺にみえた。

漆塗りの膳が、すぐに運ばれてきた。漁撈長はかしこまった手つきで、本坊さんに焼酎をついだ。そして、数本の一升瓶を鷲づかみして、縁側にならべた。

「さあ、みんな飲《や》ってくれ、本坊さんが心配せんでよかと言わるっが。本坊さんは千里眼じゃ、なあ！」

漁撈長は、はっきり肚《はら》を据えたようすだった。いや、幻にすがりつこうと意気込んでいるかに見えた。

「おう、みんな飲め、飲めえ！」

と網元たちが煽《あお》った。

焼酎の匂いが、あたりに漂った。大地の精気を汲みあげたような、濃く、強い匂いだった。人々は縁側や客間にどやどや上がりこみ、手酌で飲みはじめた。

明は、本坊さんのそばへにじり寄った。本坊さんは、明の頭に掌をのせ、秘密の合図のように軽く頭蓋をしめつけた。そして、膳をそっと滑らせ「食べんか？」と言った。明は小芋の煮ころがしを食べた。

人々は、無礼講で飲みはじめた。湯呑でぐいぐいあおる者もいれば、しきりに献盃をくり返す人たちもいる。一升瓶はつぎつぎに空になった。

「さあ、今日は厄払いじゃあ！」

と漁撈長が言った。

「鰹は来っど、南《みなん》からぐんぐんのぼって来っどお！」

「おう、来る、来る！　原子爆弾がなんじゃあ」

ふるまい酒を飲む人たちが、漁撈長をおだてるように呼応した。

「おおい！」漁撈長はまた大声をあげた。「女衆《おなご》を呼べえ、満天の女衆を呼んでこい。うん、そうじゃ、トラックを出せえ！　トラックに乗っけて来い！」

喚声があがり、若い連中が外へ飛びだした。漁撈長は縁側から体をのりだし、急げ、急げ、と手をふり回した。酔いがまわり、日焼けした顔が、首すじから禿頭までかっと火脹れしたように赫らんでいる。

半時間もすると、女たちがやって来た。

どんちゃん騒ぎの匂いを敏感に嗅ぎつけ、トラックの上でもう三味線を鳴らしている女もいた。総勢、十七、八人だった。原子爆弾の騒ぎ以来ずっと暇をもてあましていたせいか、女たちは目をきらきら輝かせ、すでに昂《たか》ぶっていた。だが客間の閾《しきい》のところまで来ると、膝を折り、きちんと三指をついて挨拶した。

「おう、おう！」

漁撈長は、もどかしそうに手招きした。

五十がらみの女将が、しなを作り、上座の方へすり足でやって来た。数日前に、安飲屋の女たちと口汚く罵りあっていた女将だ。女将は、主客の席にいる本坊さんを見て、一瞬、意外そうな顔をした。そしてすぐに何くわぬ顔で、本坊さんにお酌した。本坊さんは、水に濡れた黒い石のような目で、笑っていた。

太鼓が鳴り、三味線の音がほとばしった。女将も三味線を弾きはじめた。軽快な撥《ばち》さばきで、ぐずついている時間を追いたて急きたてるように、音が奔《はし》っていく。いくつもの弦が、もつれ合い、戯れるように響きわたった。女たちは、極彩色の魚のように踊りはじめた。女たちに手をひかれて、漁撈長も踊りだした。相撲のしこでも踏むような、不器用な踊りだった。網元たちも、一人、二人と立ち上がった。縁側で飲んでいた漁師たちも、三味線に煽られ、踊りへ飛びこんでいく。騒ぎを聞きつけて、さらに近所の人たちが群らがってきた。

漁撈長は、もつれる足で女たちに抱きつこうとした。女たちは大声で笑い、踊りながらひらひら逃げまどった。ひとりの女が息を切らし、本坊さんの正面にへたりこんだ。大急ぎでトラックに乗りこんで来たのか、赤い口紅をつけているだけだ。女はあけっぴろげな態度で、じろじろ眺め、

「お前《まん》さあが本坊さんな？」と、ぶしつけに尋ねた。

「ああ……」本坊さんは人なつっこくうなずいた。

「千里眼ち、ほんとな？　あたしを占うてくれんね？」

女は、いたずらっぽく挑むように言った。酒でつぶれた太い地声だった。

「…………」本坊さんはやさしく沁みるような目差で、そっと目の芯をのぞきこんだ。だが、なにも言わなかった。

「お前《まん》さあ、四国じゃろ、土佐ん人じゃなかと？」

「いや……」本坊さんは首をふり、照れくさそうに焼酎をすすった。

女はもっと喋りたいようすだが、何を喋ってよいか分からず、自分の衝動をもてあましていた。そして、やっと思いついたように本坊さんにお酌した。二十七、八の気っぷの良さそうな女だった。肌が浅黒く、眉が濃く、全身に豊かな張りが感じられた。

「ほうら、踊ろ、踊ろ」

顔みしりらしい漁師が、後ろから女の腕を引いた。

「よぉし！」と女は立ち上がった。そして踊りかけて、ふっと振り返り、本坊さんに言った。「な、お前《まん》さあも踊らんな？」

「うーん」本坊さんは唸った。

「なあ、踊ろ、踊ってくれんな？」

と媚びるように、哀願するように女がくり返した。

本坊さんは困惑して、膳の御馳走を食べている明の顔色をうかがった。祖父の物真似をしてみせる時の、おどけた身ぶりにそっくりだった。煽るように太鼓が乱打された。本坊さんは羞《はにか》みながら、腰を浮かした。

「さあ、さあ！」

女は大喜びで、本坊さんの腕をひいた。

「うわあ、本坊さんが踊いやっど！」

喚声があがり、さらに太鼓が乱打された。女将も目を輝かせ、汗をぬぐい、かん高く「南風《はえ》や節」の囃を入れた。

その声を踏んづけるように本坊さんは踊りだした。巧いのか下手なのか分からない、おかしな踊りだった。頭のあたりまで両手を上げて、右手といっしょに右足を踏みだし、さらに左手と左足が同時に動いていく。女は嬉しそうに、同じ身ぶりで踊りだした。人々は笑いくずれた。そして笑いがおさまると、醒めることを怖れるように、また夢中になって踊りつづけた。初夏の豊かな光が射し、青い畳を炙っていた。戸外には、竜舌蘭の花が静かに立っていた。納屋の方で、きちがい豊《とよ》のふりあげる斧が光った。

噴火湾の水がきらめき、火口壁は巨大な腕のように町をひっそり抱きかかえていた。岬の向こうでは、いっせいに光が爆《は》ぜ、茫々と外海がひろがっている。その水平線に入道雲が湧き、熱帯の海からたち昇るキノコ雲のように大空へ盛りあがっていた……。

原子爆弾の騒ぎは、本坊さんの言ったとおり、いつのまにか立ち消えていった。鰹漁はふたたび活気をとりもどし、町は甦った。平穏な日々が過ぎて、原爆のことを忘れかけたころ、また次の大騒ぎが起こった。二年後に、売春禁止法が発布されたのだ。

それは致命的な事件だった。人口四千そこそこの小さな町に、二十軒近くの遊廓があり、その周辺には私娼窟や、バーや、いかがわしい安飲屋がひしめいていた。それが町にみなぎる活力の源泉だった。そのときの光景を明はよく憶えている。巡査たちの立会いのもとに、町中の遊廓はつぎつぎに閉鎖されていった。女郎たちは幌のついた貨物トラックに布団袋を積みこみ、西陣織の袋におさめた三味線を大切に抱きかかえて、一人、二人と町から去っていった。

夜ごとに鳴りわたる太鼓の音、女たちの艶《なまめか》しい歌声、けたたましい爆笑……すべての賑わいが消えた。漁師たちの喧嘩騒ぎも途絶え、夜になると、ただ真暗な沈黙がのしかかってきた。町全体が、廃墟のようにひっそり静まり返った。高々と甍がそびえ、露台や大広間のある遊廓の建物は、買い手がつかぬまま いつまでも閉鎖されていた。

鰹節の製造はつづき、網元たちは栄えていた。だが町全体の生気はみるみる涸れて、漁師たちはただ惰性のまま船で働いていた。赤道直下の海から帰ってくるときの、きらきら燿くような欲望は、安飲屋の裏部屋へ、陰湿に吸い込まれていった。そこには歌も太鼓もなく、あの爆《は》ぜるような燃焼がなかった。年に一度、町をあげて祝う大漁祭も、女郎たちが去ってから見るかげもなく生彩を失っていった。熱帯の海から黒潮に乗ってくる魚の大群も、もう母なる海の恵みではなく、いまではただ鰹節の原料にすぎなかった。

そんな風潮を反映して、嶽山へお詣りにいく人も極端に減った。火口壁の向こうで静かに世界を担っていると思えた行者も、いまではもう、ただの風変りな老人にすぎなかった。

人々は「本坊さんも耄碌《もうろく》してしもうた……」と陰口をききはじめていた。祈禱を頼む人もいなくなったが、幻が滅びた分だけ物が豊かになり、ひとにぎりの信者たちが届ける米でどうにか食べてゆくことはできた。

昔ほど頻繁ではないが、本坊さんはふらりと思いだしたように明の家に立ち寄ることがあった。丸刈りの頭は白くなり、皺の襞がたるみ、目も昔の凜とした張りが消えかかっていた。本坊さんは明を見てもただ微笑するだけで、昔のように指さきで頭蓋を鷲づかみして、ぐいと魂を摑みだすような挨拶をやらなくなった。明は成長し、本坊さんと変らないほどの背丈になっていた。頭蓋骨も大きくなって、小柄な本坊さんの手では、もう丸ごと摑むことができなかった。

明は、十五歳になった。その年、いつもより長い梅雨《つゆ》がつづき、数軒の家が土砂くずれの下敷になり、人も死んだ。火山灰地の、もろい地盤だった。町役場の福祉課の人たちが活動しはじめて、そのついでに、本坊さんに嶽山から立退《たちの》くように勧告した。けっして悪意からではなかった。本坊さんはすでに足腰が弱り、麓の井戸から水を運ぶのさえ難儀になりかかっていた。このままだと、不測の事故が起こりかねない。それに福祉課の人たちは、本坊さんの引越し先まで準備していた。公民館の庭はずれに空家があり、家畜の種つけにやってくる馬喰《ばくろう》や、回診にやってくる獣医たちが、よく詰所がわりに使っていた。その空家を本坊さんに提供し、しかも生活保護金を支給しようという話だった。

だが、本坊さんは頑として嶽山から降りようとしなかった。福祉課の人たちは、しだいにむきになり、偏屈者の老人を意地でも公民館の離れに移そうとした。とうとう強制立退きが命じられた。嶽山の一帯は町有地だったのだ。

そんなある日、本坊さんはふらりと祖母の鉄工所に立ち寄った。祖母はその話を聞いて
「本坊さんが公民館に来てくだされば助かっとなあ。わたしも足が弱って、もう嶽山へ登れんごとなった……」と言った。それから本坊さんは、明の家にも立ち寄った。母は、昔と同じように本坊さんを敬っていたが、それは目上の者に対する礼儀と変るところがなく、もう十年近く嶽山へのお詣りを欠かしていた。本坊さんの顔をみると、母は懐かしそうに笑い、焼酎瓶を縁側へ運び、米の袋まで持ってきた。だが、それを差し出す手つきには、かすかに施しの気配が感じられた……。そして刺身の皿を置くと、そのまま買い物へ出かけていった。

明は、母の埋め合わせをするような気持で、縁側にならんで腰かけた。本坊さんのそばに坐るのは久しぶりで、懐かしく、冷し素麺《そうめん》をつるつるっと食べながらコップの焼酎をひ

ょいと喉に流し込む、あの祖父の物真似をみせてもらいたい気がした。だが中学校で外国語など習いはじめた生意気ざかりの明は、無知な老人を相手にしているような苛立たしさも感じた。それに、本坊さんが昔の信者たちの家を訪ね歩いては、それとなく酒をせびり、「焼酎呑んゴロ」と噂されていることも知っていた。もっと口の悪い連中は、きちがい豊《とよ》と本坊さんの二人を「双子《たつご》きちがい」とさえ言っていた。

本坊さんは、明の背丈の伸びぐあいを測るように、こころもち首を後ろにかしげ、「五尺五寸はあっじゃろ?」

と嬉しそうに言った。

「さあ、知らん……」明は口ごもった。尺や寸の見当がつかなかった。

「大陸《だいりく》から帰ったときは、こんくらいじゃったが……」

本坊さんは、小さな赤ん坊を掌に乗せてあやすような仕種《しぐさ》をした。節くれだった指が中風のようにふるえた。赤ん坊ではなく、何十年という月日の、記憶をあやしているようだった。

「…………」明は、老人の愚痴を聞いている気がした。

本坊さんは焼酎をすすり、刺身の皿に箸をつけた。鰹の刺身だった。わさびも生姜もなく、醤油がじかにかけてあるだけだ。母が面倒くさがって手をぬいたのだ。

「本坊さん、生姜を擦ろか？」

「いらん、いらん」

本坊さんは首をふり、静かに食べはじめた。本坊さん自身が食べているのではなく、自分の内部にいる誰かに、そっと食べさせているようだ。顔の皮が橙いろだった。馬蹄形の空に、熱雲がむらがり、いまにも夕陽を引火して燃えそうにみえた。

半月ほどたって、本坊さんはついに嶽山から降りた。あの本坊さんが生活保護を受けることになったと、町の人たちは後ろめたそうに噂していた。が、公民館の離れに住んでいたのは二ヵ月かそこらだった。行方不明になったのだ。はじめ、だれも気づかなかった。騒ぎだしたのは、近所に住む農家のおばさんだった。畑仕事の帰りに、ときどき野菜や砂糖黍を入口に置いていくのだが、それが何日も置き放しになっているので、おかしいと気づいたのだ。人々は妙にうろたえ、本坊さんを捜しはじめた。自転車が見あたらなかった。巡査たちも八方手をつくし、しまいには女郎たちがよく入水自殺した噴火湾の、海底温泉が吹きこぼれるあたりまで捜索したが、行方はついに分からなかった……。

南風が岩棚へ吹きあげてきた。ちらちら斑の立つ樹洩れ陽を浴びている気がして、空を仰いだ。青かった。やわらかい脳髄のように雲が漂っている。

明は、お堂の周囲を歩きまわった。裏の軒下に、鎌が落ちていた。梁に、その鎌を突きたてた傷跡が無数に残っている。少し離れて、除草用の鉄篦《べら》がころがっていた。

羊歯が日陰に密生し、熔岩の割れ目に根を食いこませ、風に運ばれてきたわずかな土をむさぼっていた。

岩棚の日当りのよい場所は、野生の蘇鉄の群れに占領されていた。黒い鱗だらけの幹が、太古の爬虫類のようにぬっと鎌首をもたげ、鋭い棘の葉で青空に爪を立てている。その葉むらの中心に、黄色い繊毛でできた鳥の巣のような花とも萼《がく》ともつかぬものがあり、朱色のつややかな実がびっしり埋もれていた。陽光に温められて、いまにも孵化してしまいそうだ。

緑の蔓が、鎌首めいた幹にからまり、葉から葉へつたい、さらに熔岩の山へはい上がろうとしていた。カカランバの蔓だ！　シベリアから帰ってくる父のため蓬餅をつくろうと、あの日、母が摘んでいたカカランバだ。掌ぐらいの葉がいかにも亜熱帯植物らしくぎらぎら脂ぎって、南風にふるえている。蔓は、網目状の血管となってひろがり、濃く、腥《なまぐさ》い液をどくどく脈動させながら、その力を末端の一枚一枚の葉の象《かたち》にかろうじて封じこめていた。やわらかく光る生毛のさきまで時空を截然《せつぜん》と切りとっている。

眩しすぎた。目をしかめると、緑の汁があふれ出るように葉や蔓が熔けていった。あの日、母に背負われていた明は、ゆらゆら前のめりに揺れ、緑の波をかぶりつづけた。前後左右も、上下もなく、自分に象《かたち》があることさえ分からない。四方八方から、緑の渦が噴きこぼれて目を襲った。

はち切れんばかりの光と、緑。それが世界を見た一番初めの記憶だったような気がする……。

明は岩棚に立ったまま、ぐるりと四方を見回した。研磨した青い鉱石のように、海が光った。火口壁の外輪が見えた。朱色の実が足もとにこぼれている。

格子扉の奥をのぞきこんでいた母が「え?」と振り返った。空耳らしく、きょとんとしている。青不動を見ていたのだ、と明は思った。

「さ、帰ろうか」母は笑った。「お詣りしたら、なんかさばさばしてお腹へったよ」

明は、菓子パンの袋をもっていることに気づいた。二日酔をたどって昨日のことを思いだす感じだった。

「どっかで手を洗わな」

「…………」土間の熔岩に据えつけられた、巨きな水甕が胸をかすめた。

「海へ行こう、あっちの方が晴れ晴れするよ」

母は辛気くさい場所から逃げだすように、岩棚を降りていった。灰まじりの髪の、つむじが見えた。頭蓋のかたちも透けて見えた。満州や本坊さんの記憶がそこに閉じ込められている、と明は思った。

下方では陸稲がうねり、タバコ畑や、甘い汁をはらんだ砂糖黍畑が、やわらかい生毛のようになびいていた。

鑿《のみ》の跡のある場所までくると、母は急に立ち止まった。

「忘れ物？」と明は訊いた。

「いえね、ちょっと……」母は口ごもった。「この嶽山になんか字が彫ってあるの知らんね？」

「いや」

「あっちの海ん際らしか、ちょっと寄ってみらんね、な」

母は首をすくめて蘇鉄の葉をくぐり、またせかせか下りはじめた。どうせ、ありふれた石碑みたいなものだろう。明は蘇鉄に手を伸ばし、鳥の巣にぎっしりつまった赤い卵のような実をもぎ取った。生毛がすべすべして、妙になまめかしく湿っていた。

「ほら、早よう！」と、母がだだをこねるように急かした。

熔岩尖塔が地下のガス圧で隆起するとき、その周辺から、やわらかい岩漿が噴きだしたのだろう。熔岩の岸辺は南側へひろがり、鈍い起伏をくり返しながら、海へなだれ込んでいた。ごつごつした岩塊がいたるところきり立ち、背丈よりも高く、行手をふさいでいた。窪地のなかへ迷いこむと、まわりの熔岩が積乱雲のようにそびえ、空が退いていった。

明は平坦な場所を選びながら、母を先導していった。流れがつかえて盛りあがったのか、巨きな熔岩の丘があり、水成岩の塊りにせきとめられて平な層になっているところもあった。西寄りの方はかつて砂浜だったらしく、溶岩の流れはなめらかに海へ注ぎこんでいる。

嶽山の東側は、嶮しい断崖となり、屏風《びょうぶ》状にきり立っていた。その真下まで海がせまり、青いうねりが岩肌を叩いている。北東からなだれこむ熔岩が、入江のかたちに累積し、断崖の近くまで突きだしていた。母と明は、その岩だらけの入江を回りこんでいった。

南から北へ、大気全体が動いていた。嶽山がわずかに北へ反っているのは、やはり、熔岩尖塔がまだ固りきらぬとき風圧で傾いてしまったのだろう。斜めに見上げるせいか、岩山全体が空へ突きささり、その頂上は視野の奥へねじれ込んでいる。灰がかった赤褐色の岩肌で、ざらざらに風化し、黒い亀裂が無数に走っている。岩棚もなく、まるで空間に削ぎとられたような断崖だ。中腹のあたりまで一本の蘇鉄も生えず、海鳥の糞が点々とこびりついているだけだ。光の角度によって、その白い糞が、ところどころ露出した化石のように光っている。海がうねり、熔岩の山は波の反映につつまれていた。

「ほら、あそこ！」

と母が言った。

「え、どこ？」

「よう見て、ほうら、黒か条《すじ》が見えんね」

母は指さし、なにかを憚るように急いでその指をひっこめた。断崖の下の、波打際すれすれのあたりだった。

波のうねりが引くと、濡れた岩肌があらわれ、そこに、奇妙な曲線が見えた。たしかに人為的な曲線で、形ははっきりしているが、はたして文字なのかどうか見当もつかなかった。それは亀裂をよぎり、太く、黒々と岩肌をえぐり、こう刻まれていた。

およそ一尋ぐらいの大きさだった。
明は、その奇妙な形を目でなぞってみた。だがいくら繰り返しても、岩肌の凹凸が見えるだけで、意味らしいものはまったく感じられない。もしかすると、これは単なる浮き彫り模様かもしれない。明は推測するのをやめて、ぼんやり目を見ひらき、自然にイメージが湧いてくるのを待ってみた。すると急に、突拍子もない記憶が飛びだしてきた。地下鉄で会社へ通うとき暇つぶしに読んだ新聞記事だった。十五、六年前、アメリカの天文学者たちが宇宙の知的生物と交信しようとして、十何光年という彼方の星へ向けて電波を送りつづけたという。そして、つい最近も太陽系の外へ出ていくパイオニア10号に、暗号のメッセージを刻んだ金属板をとりつけ、まるで「われわれは、ここにいる、気づいてくれ！」と壜につめた手紙のように、宇宙の海へ送ったという。明は苦笑して、場ちがいな連想を払いのけた。
足場を変えると、奇妙な曲線の左下にべつの線が見えた。だが、濡れた岩が乱反射してよく見えない。さらに二、三歩動いてみた。すると、光の角度が変り、あきらかに漢字らしい象《かたち》が現われた。その瞬間、ぐっと波が盛りあがって文字を呑みこんだ。しぶきが散った。巨きく膨らんだ水塊は海へ引きもどされるように、岩から剥がれ、ゆっくり水位をさげていった。文字は小さく、亀裂と交錯して、金褐色に光り、ひどく読みづらい。明は目を細め、急いで判読した。

宝暦十四歳巾

ふたたび水塊が盛りあがって、砕けた。最後の文字は、波をかぶり、たえず見え隠れしている。海のうねりには強い腰があった。満潮が近づいているのだ。

「あれ、なんて彫ってあるのかな……」明は母に尋ねた。「こう読めるけどな、宝《ほう》、暦《れき》、十《じゅう》、四《よん》、歳《さい》……」

「宝暦十四年、と読んとよ」

「あ、そうか。じゃ、その下の字は？」

「さあ……」

母が首をかしげると、だぶついた贅肉の輪がよじれた。

「たしか、巾《きん》、と読めるけど……」

「そうねえ、でも、巾《きん》じゃおかしかね」

「うん」

「彫った人の名前かねえ」

「まさか……」

「あ、わかった！　サルじゃろう、十二支のサル、ほら、あそこに薄か線が見えんね？」

母は指さきで宙をなぞってみせた。

「そうか、申《さる》か……。申《さる》年ということか」

「きっと波でえぐれたとね」

「宝暦十四年というと、いつ頃だっけ……」

「二百年ぐらい前だと言うとられた」

「本坊さんが？」明は訊き返した。

「うん……」

「じゃ、右のあれは？」

「カーン」嗄れ声で、母はたよりなく呟いた。

「えっ?」

「カーン、たしか、カーンと言われた」

「…………」明はあっけにとられていた。

「そう、あれはカーンと読んとよ」

「で、どういう意味?」

「それが、どうも……。不動さまか、閻魔さまか、よう憶えとらん」

気がかりな夢が憶いだせず、胸につかえ、いらだつような表情だった。

明は、もう一度目を凝らした。濡れた岩肌が金褐色にきらめき、奇妙な曲線は、金屏風に書かれた墨字のようだ。ふっと妙なものが胸をかすめた。墓地で見かける、細長い板の卒塔婆《そとば》だった。そういえば死者たちの戒名の上に、よくこんな形の梵字がしるされている。

そうだ、これは古代インドのサンスクリット語に違いない……。

波の山がゆるやかに移動し、熔岩にぶつかり、たちまち霧のように散った。サンスクリット語らしい死語は水けむりにつつまれ、意味のよく分からない夢のように気味わるくみえた。

急に母がくすくす笑いだした。

「どうした?」明は不安になった。

「あんね、あの宝暦十四年はおかしかと。宝暦の時代は、十三年で終ってしもうたんよ」

「じゃ、あれは……」

「そう、間違《まちご》うてしもうたの、宝暦十四年はもう在りもせんと」

「まさか」

「嘘じゃなかよ、本坊さんがよう笑《わろ》うとられた」

「というと……」

「改元よ。元号が変ったと。それを知らんで彫ったらしかね」

「そうか……」

明はうなずいた。陽だまりの温もりのようなおかしさが、ゆっくり肚《はら》にこみあげてきた。

「へまなこつして、あそこに名前ば彫らんでよかったねえ」

母は指さしかけて、また慌てて引っこめた。そして目尻に皺をよせ、くすぐったそうに笑いだした。明も釣りこまれて笑った。

「やっぱり……」母は笑いを抑えながら言った。「本坊さんみたいな行者じゃろうか」

「うん、昔の山伏だとか」

「どうやって彫ったとかねえ」

「たぶん、そこに伝馬舟を浮かべて……」

「うん、満潮んときは上の方を、引潮んときは下を彫ったとね。けど、せっかく仕上げたとに……」

いくら抑えても笑いがこみあげてくるのか、母はかすかに紅潮している。手術以来、こんなに愉快そうな顔をみるのは久しぶりだった。

熔岩の山は、正午前の光に照らされていた。一尋もある梵字は、まっすぐ東の水平線に向きあっている。二百年前、この岩にだれかがへばりついて黙々と鑿《のみ》をふるっていたはずだ。いったい、どんな人間だろう。遊行生活の山伏が、南の果てまで辿りついた記念に刻んだのだろうか。それとも、名もない行者が嶽山のお堂にかってに住みついて、時代が新しい元年に突入したことも知らず、井戸水を汲み、火山灰地を耕し、芋蔓を植え、そんななんでもない一日一日を永遠の真っただ中に据えつけながら黙って暮していたのだろうか。

二百年前といえば厳しい鎖国の時代で、この土地の港が密貿易の根拠地として栄えていたころだ。岬の古い墓地には、正龍寺という寺院の跡も残っている。その寺院は、支那からくる文書や経典を翻訳する秘密の窓口だったといわれている。大陸や天竺へ渡ろうと志す僧たちが、その正龍寺にこもり、密かに機会を待っていたとも伝えられている。もしかすると密輸船に便乗していった僧が、母国との訣《わか》れに刻んだのかもしれない。

あるいは、火口壁の石切り場で働く日傭いで、きちがい豊《とよ》みたいに頭のおかしな男が、わけのわからぬ情熱にとり憑かれて、手仕事で覚えた梵字をここに彫ってみたくなったというだけの事かもしれない。

カーンという梵字は、金褐色のきらめきに包まれていた。沖から押し寄せる波がゆるやかに巻きあがり、黄緑の光を透かしながら近づいてくる。そのうねりは断崖のあたりでいったん身をかがめてから、ぐぐっと膨らみ、宝暦十四歳申という在りもしない年号をのみ込んでいった。そして梵字のなかほどまで盛りあがると、突き崩れ、また海へ引きもどされていく。

「さあ、帰ろか」と明は言った。

「そうねえ」母は照れ笑いを浮かべた。「ね、明、ちょっとお腹が空かんね」

「よし、どっか場所をさがそう」

明は先に立って歩きだした。満潮が連れてきて、そのまま置き去りにしていった活火山の軽石が、いちめん白骨のかけらのように散らばっていた。手ごろな薪になりそうな流木もあった……。

五、六歩進むごとに、明は母をふり返った。あと、一年半だ……。三年以内に再発しなければ助かると言われているが、今やっと真中にさしかかる時期だ。このまま何も起こらなければいいが……。このまま何の変哲もない日がつづいて、いまの祖母と同じぐらい歳をとり、残っている右の乳房も、左の傷痕と見わけがつかないほど干涸び、萎びていけばいい。

母は熔岩の感触を味わうように足を運び、ちょっとぐらつくと「明、明!」と大仰に声をあげた。満州から引揚げてきたときの、まだ若い母の姿をみる思いがした。もしも癌が再発したら……と明は思った。今度は、昔の赤ん坊が母を送っていく番だ。出来ることはただ一つしかない。寺や葬儀社に死をゆだねるのではなく、子である自分が、母の生を締めくくることだ。そうだ、ずっと昔、きちがい豊が入水自殺した女郎を焼いていたように、この手で母を焼いてあげたい。

怖ろしいことだが、やり方はよく覚えている。まず薪木を井桁に組み、その上に死体を横たえるのだ。さらに乾いた藁を全身に積みあげて、火を放つ。髪が燃えあがり、肌が焦げる。脂肪が熔けてしたたり、炎の中でぱちぱち爆《は》ぜるだろう。

炎が顔を舐めまわし、ゆっくり皮を剝ぎとり、まるい卵いろの頭蓋がのぞきかける。まだ動いてはいけない。あの日、獣医めいた手つきで胃を洗滌されて、のたうち、失禁した母をじっと見つめていた時のように、ただ火のそばに坐っているのだ。やがて腹のあたりから、とろりと光る桃色の腸がくずれ落ちる。黒焦げの手足がひき攣《つ》り、炎から突きだしてくる。立ち上り、竹竿で手足の骨を折って火の中へもどすのだ。背骨が見える。子宮を包んでいた骨盤が見えてくる。あばらの内側では、心臓や、肺が、黒い塊りとなっていつまでも燃えくすぶり、ジュー、ジューと音をたてる。竹竿であばら骨を突つき、もっと火の通りをよくしなければならない。

突然、ガクッと下顎がずり落ち、真っ赤な炎が口から噴きだしてくる。そのとき太い竹竿を握りしめて、振りかざすのだ。目をつむってはいけない。女としての母の記憶を閉じ込めている卵いろの頭蓋にしっかり狙いをさだめ、きちがい豊《とよ》がしたように、力をこめて、振りおろせ！

鈍い音をたてて、頭蓋が砕け、脳漿が飛び散る。あたりを乱さぬように、そっとしゃがみこみ、流木の小枝の箸で、地にこぼれ落ちたやわらかい豆腐のような脳漿をひろい集めるのだ。砕けた頭蓋のかけらも散らばっている。それら一つ一つを、火の中にもどさねばならない。歯のひとかけら、骨盤のひとかけらも残さず、すべてが消滅するまで丹念に焼いていくのだ……。

南風に吹かれながら、母は熔岩の上を歩き、短い足で水たまりをまたいでいった。潮でべとつく髪がうるさそうだ。厚ぼったい顔を暑苦しくしかめ、小さな目はまわりの肉に押されて昏くひっこんでいる。

明は平坦な場所をさがし、母を導いていった。岩肌はざらざらに荒れ、小豆《あずき》粒ほどの孔《あな》が、無数に点々とあいていた。たぶん地中の熔岩が噴きだしたとき、ガスのぬけていった痕だろう。

日陰の岩に触れると、うわべの温もりの底から、しんとした鉱物の冷たさが伝わってくる。ガスのぬけた孔は月の隕石孔によく似ており、しばらく見つめていると、あばただらけの見知らぬ惑星に立っているような淋しさがこみあげてくる。この熔岩も、青くうねる海も、すべてが人間のあらわれる以前からここに在り、だれにも名づけられぬまま、太古の空や雲と対応しているかのようだ。

五万年前のある日、突然、ここで大地が裂け、その割れ目から熔岩が噴出してきたはずだ。粘性の強い熔岩は、なかば固まりかけたまま地下のガス圧で地上高く押しあげられていった。その焼けた鉄塊のような熔岩尖塔と、大地の隙間から、やわらかく煮えたぎる熔岩が吹きこぼれ、ゆっくり、ゆるぎない速度で海辺を流れていった。そのとき岸の蘇鉄が燃え、灌木が燃え、またたくまに草が焦げていっただろう。真っ赤な熔岩はごうごうと水煙をあげ、海に没し、岸辺の貝や化石を閉じ込めながら、ここで急激に冷えていったのだ。

五万年前のその日にも、青空がひろがり、まだ名づけられぬ鳥がここを飛んでいたにちがいない。海の中でも、まだ分類されぬ魚が泳ぎ、だれにも名づけられぬ海蛇が静かに尾をくねらせていただろう。

巨きな岩塊を回ると、なだらかな擂鉢状の窪みがあり、真青な水をたたえていた。

母と明は、ごつごつした斜面を降りていった。海風が頭上を吹きぬけ、窪みの底は陽だまりになっていた。どこかで外海とつながっているらしく、水はすこしの濁りもなく、透明に澄みきっている。

「きれいか水ねえ」

陽だまりの中に、母はしゃがみこんだ。

熔岩は日に照らされ、太陽の余熱をたっぷりはらんでいた。尾骶骨のあたりに気の遠くなるような温もりが伝わり、背骨の芯まで、ぼうっと熱がこもってくる。

明は、甕割坂で買った紙袋をひらいた。赤く熟れた李《すもも》が熔岩の上にころがった。その李を、窪みの海水で洗った。青い小魚の群れが、いっせいに水中で散った。

母と明は、夢中で菓子パンを食べつづけた。パンは熱気で蒸《む》れたようにやわらかかった。降りそそぐ光が快く全身を包み、熔岩はじりじり尻を炙りつづけた。菓子パンを食べ終えると、手づかみのまま李にむしゃぶりついた。かすかに海の塩味がした。やわらかい薄皮が裂け、甘ずっぱい液がほとばしった。息吹きのような香りが、口中に満ちてくる。

「うまかねえ!」と母が叫んだ。

「うん、うまいな!」

明はまたたくまに、一つの李を食べてしまった。甘い液が、しめつけられた胃をゆっくり押しひらき、沁みわたった。明は二つめの李に歯をたてた。その瞬間、きちがい豊の庭に生えていた柘榴やボンタンの実が、ふっと胸をかすめた。人の頭ほどもある大きな実が、まばゆい陽光の中でずっしり枝をたわませ、みずみずしい生命を封じこめたまま黄金色に輝いている……。そんな光景を思い浮かべながら、明はつぎつぎに李を食べ、その種をでたらめの方角へ放り投げた。最後の種を手にして立ち上ると、熔岩のへりから、海が見えた。

水平線は弓なりに撓んでいた。その境い目から、青いうねりと雲が湧きだし、上下に分かれながら、南風に追われ、ひた押しに押し寄せてくる。

海は膨れあがっては、陥没し、どこまでもゆるやかに起伏していた。青い水塊が海面を移動し、その頂から、白い波が地くずれのように滑りおりてくる。その波は、うねりより迅く、海の腹を走り、一列に巻きあがっては薄緑の光を透かしている。うねりの谷間は暗く、水蛇や爬虫類がからみあい、悶え、のたうっているかに見えた。暗い谷間がせり上がると、青白い鱗がいっせいに燦めき、受精のはじまる時のように白い濁りが吹きこぼれてくる。明は、李の種を遠くへ投げた。海はひとつの惑星を包みこむ厖大な記憶の集積のように、ただ茫々とうねりつづけている。

白い脳髄のように雲が漂っていた。その塊りも、やわらかく増殖しては風に裂かれ、ふたたび癒着しあい、とめどなく蠢いている。その向こうには、半球の青空があり、不思議な静けさをたたえていた。途方もなく巨きな青い頭蓋が、内部に雲を漂わせ、海をたたえ、ここに立っている母や自分を夢みているようだ。

足もとの水は、群青色に静まり返っていた。その水よりも青い小魚たちが、豊かな光を浴び、いっせいに燦めいている。そして突然、四方へ散らばるかと思うと、不思議な力に統御され、ふたたび一つの集団になって泳ぎつづけてゆく。

　水中の岩には、カラス貝や海草がはりつき、ひっそり深呼吸している。小さな蟹が、陽だまりの熔岩の上を這いまわり、微生物をしきりに食べている。水際に目をこらすと、芥《け》子《し》粒ほどの生き物たちが、ガスのぬけた熔岩の孔でびっしり蠢いていた。

「ああ、うまかったあ、生き返ったような気がする」

　母は最後の種を口から吐きだし、上機嫌に笑った。三味線を弾くときの祖母に似ていた。母は両手をひろげ、ゆっくり伸びをしかけて、あっ、と左脇をかばった。

「さ、帰ろか……」明は言った。

　母はうなずき、水際へおりていった。

　透きとおった水底に、熔岩の塊りが沈んでいた。

　母は李の汁でべとついた手を、真青な水にひたし、合掌するように洗いはじめた。

四十年ぶりの「あとがき」

宮内勝典

デビュー作の『南風』が、四十年ぶりに生き返ることになりました。処女作には、その作家のすべてがあると言われますが、さあ、この『南風』はどうでしょうか。

二十二歳のとき、わたしはアメリカへ渡りました。留学ではなく、ただ、ただ、ただ日本から脱出したかったのです。片道切符で、ポケットには五万円相当のドルがあるだけ。カリフォルニアやニューヨークでひたすら働くことに追われて、小説を書くゆとりがなく、日本語の本も手に入らない日々がつづきました。

地球をひと巡《めぐ》りして帰ってきてから、ようやく本腰を入れて小説を書きはじめました。先鋭的な小説を書こうとして失敗を重ねているとき、ある編集者から助言されました。「自分の足もとを見つめ直すことから始めるべきじゃないか」と。そこで、南九州の噴火湾のほとりにある港町を舞台に『南風』を書き始めたのです。北の植民地ハルピンで生まれ、赤ん坊のころ引き揚げてきたわたしは余所者《よそもの》で、故郷を失った根なし草でした。それでも海や、噴火湾、水平線から湧きたつ積乱雲、太陽、桜島などは、まぎれもなく原郷です。わたしは父母に育てられたのですが、世界に育てられてきたような気がします。

辺境の小さな港町を舞台に、小宇宙を出現させることはできないか。そんな思いで『南風』を書きつづけました。華厳経では「海印」と言って、この世界は海に映る模様のようなもので、実在のように見えて実在ではない、世界はいわば投影されているそうです。そのような世界観を、リアリズムで書きたいと思いました。

どうにか完成して、文藝賞に応募することにしました。畏敬する作家、島尾敏雄氏が選考委員だったからです。十代のころ『島の果て』を読んで心がふるえました。火山灰の降る街を歩き、書店めぐりをしながら、島尾敏雄の本を探し回ったこともありました。

さいわい『南風』は文藝賞を受賞することができました。授賞式のスピーチで、「応募作を送るとき、罎《びん》につめた手紙を、孤島から海に流すような気持でした」と話しました。まぎれもなく実感でした。ヤポネシアの岸に流れ着いて、島尾さんに拾ってほしかったのです。

その日、生まれて初めて、いわゆる文壇バーに連れていかれました。授賞式の二次会です。祝杯を重ね、トイレにたつと「文藝」の編集長と出くわしました。ならんで用を足しながら、

「きみは今日、孤独について話したな。だがこれから、きみはもっと孤独になっていくんだぞ」

いいか覚悟しておけよ、と静かに言われました。

その予言は、みごとに的中しました。四十年間、わたしは日本文学のどこにも居場所がなく、ひっそり孤立していたようです。いまも孤独が深まっていくばかりです。

東京の片隅で『南風』を書いていたころは、まだワープロもなく、パソコンも、ファックスも、携帯電話もなかったのです。ネット社会も出現していなかった。そして一方で、オウム事件や、阪神淡路大震災、9・11連続テロ事件、東日本大震災、原発事故などが起こりました。

そんな四十年が過ぎて、石風社から『南風』を再刊したいという、ありがたい申し出がありました。「人生は短く、芸術は長い」という言葉が浮かんできます。石風社のことは、もちろん知っていました。中村哲医師の本を出しつづけている福岡市の出版社です。

中村哲医師は、パキスタンやアフガニスタンで治療に取り組むかたわら、干魃《かんばつ》に苦しむ農民を救おうと、井戸を掘り、ついには用水路をつくる大事業に取り組み、ざらざらの荒地に豊かな緑をつくりだされました。その活動母体は「ペシャワール会」です。石風社の社主である福元満治氏は「ペシャワール会」の事務局長を務めながら、長い年月、中村哲さんを支えてこられました。金、金、金……の時代に、こんな素晴らしい大人たちがいるのかと奇跡を仰ぐような思いです。さらに、びっくりしたことに、福元満治氏とわたしは

（学年はちがいますが）鹿児島の同じ高校の同窓生だったのです。

そんな深い縁のある石風社から『南風』が再刊されることを、うれしく思います。ほんとうに、ありがとうございます！

＊本作品は、一九七九年十二月河出書房新社より単行本として刊行され、一九九〇年四月、同社より文庫本として出版されております。
＊本書は、この度新装復刊したものです。

＊今日の人権意識の見地に照らして、作中に不適切と思われる表記がありますが、本作品のテーマに鑑みそのまま使用致しました。

石風社

宮内　勝典（みやうち　かつすけ）

1944年ハルピン生まれ。鹿児島県立甲南高校校卒業後、アメリカへ渡る。ニューヨークで通算13年暮らし、世界60数カ国を歩いた。

早稲田大学客員教授、大阪芸術大学教授などを歴任。

著書『南風』（文藝賞）、『金色の像』（野間文芸新人賞）、『焼身』（読売文学賞　芸術選奨文部科学大臣賞）、『魔王の愛』（伊藤整文学賞）。ほかに『グリニッジの光りを離れて』、『ぼくは始祖鳥になりたい』『金色の虎』、『永遠の道は曲りくねる』など多数。

南風

二〇一九年九月十日初版第一刷発行

著　者　宮　内　勝　典
発行者　福　元　満　治
発行所　石　風　社
福岡市中央区渡辺通二―三―二十四
電　話　〇九二（七一四）四八三八
ＦＡＸ　〇九二（七二五）三四四〇
印刷製本　シナノパブリッシングプレス

＊表示価格は本体価格。定価は本体価格プラス税です。

中村　哲

医者、用水路を拓く　アフガンの大地から世界の虚構に挑む

＊農村農業工学会著作賞受賞

養老孟司氏ほか絶讃。「百の診療所より一本の用水路を」。百年に一度といわれる大旱魃と戦乱に見舞われたアフガニスタン農村の復興のため、全長二五・五キロに及ぶ灌漑用水路を建設する一日本人医師の苦闘と実践の記録

【6刷】1800円

渡辺京二

細部にやどる夢　私と西洋文学

少年の日々、退屈極まりなかった世界文学の名作古典が、なぜ、今読めるのか。小説を読む至福と作法について明晰自在に語る評論集。〈目次〉世界文学再訪／トゥルゲーネフ今昔／『エイミー・フォスター』考／書物という宇宙他

1500円

浅川マキ

こんな風に過ぎて行くのなら

ディープにしみるアンダーグラウンド——。「夜が明けたら」「かもめ」で鮮烈にデビューを飾りながら、常に「反時代的」でありつづけた歌手。三十年の歳月を、時代を、気分を照らし出す、著者初めてのエッセイ集

【3刷】2000円

阿部謹也

ヨーロッパを読む

「死者の社会史」、「笛吹き男は何故差別されたか」から「世間論」まで、ヨーロッパにおける近代の成立を鋭く解明しながら、世間的日常と近代的個に分裂して生きる日本知識人の問題に迫る、阿部史学の刺激的エッセンス

【3刷】3500円

ジェローム・グループマン

医者は現場でどう考えるか

美沢惠子　訳

「間違える医者」と「間違えぬ医者」の思考はどこが異なるのだろうか。臨床現場での具体例をあげながら医師の思考プロセスを探索する医療ルポルタージュ。診断エラーをいかに回避するか——患者と医者にとって喫緊の課題を、医師が追究する

【6刷】2800円

臼井隆一郎

アウシュヴィッツのコーヒー　コーヒーが映す総力戦の世界

「戦争が総力戦の段階に入った歴史的時点で（略）一杯のコーヒーさえ飲めれば世界などどうなっても構わぬと考えていた人間が、どのような世界に入り込んで苦しむことになるかの典型例をドイツ史が示していると思われる」（「はじめに」より）

【2刷】2500円

＊読者の皆様へ　小社出版物が店頭にない場合は「地方・小出版流通センター扱」か「日販扱」とご指定の上最寄りの書店にご注文下さい。なお、お急ぎの場合は直接小社宛ご注文下されば、代金後払いにてご送本致します（送料は不要です）。